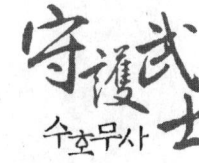

수호무사 5

각사 新무협 판타지 소설

초판 1쇄 찍은 날 § 2011년 9월 22일
초판 1쇄 펴낸 날 § 2011년 9월 30일

지은이 § 각사
펴낸이 § 서경석

편집부장 § 권태완
편집책임 § 어정원

펴낸곳 § 도서출판 청어람
등록번호 § 제1081-1-89호
등록일자 § 1999. 5. 31
어람번호 § 제2-2155호

주소 § 경기도 부천시 원미구 심곡2동 163-2 서경B/D 3F (우) 420-822
전화 § 032-656-4452팩스 § 032-656-4453
http://www.chungeoram.com
E-mail § chungeoram@chungeoram.com

ⓒ 각사, 2011

ISBN 978-89-251-2636-4 04810
ISBN 978-89-251-2484-1 (세트)

※ 파본은 구입하신 서점에서 교환하여 드립니다.
※ 저자와 협의하여 인지를 붙이지 않습니다.
※ 이 책은 도서출판 청어람과 저작자의 계약에 의해 출판된 것이므로,
무단 전재 및 유포·공유를 금합니다.

각사 新무협 판타지 소설

守護武士
수호무사

5
[완결]

目次

장	제목	쪽
제1장	삼천과 맞서다	7
제2장	중원으로 향하는 흑풍대	45
제3장	무너지는 삼합회	69
제4장	가오성 눈물을 흘리다	97
제5장	풍운의 유운객잔	129
제6장	염부심, 오천의 길을 막다	161
제7장	윤, 절혈무가로 향하다	187
제8장	염부심, 토사구팽을 꾀하다	209
제9장	천외천주, 그리고 천문의 영주(상)	237
제10장	천외천주, 그리고 천문의 영주(하)	263
제11장	그대는 이미 살 수 있는 기회를 잃었다	285
종 장		311

第一章 삼천과 맞서다

수호무사

천외천의 수뇌들이 한자리에 모인 가운데 심상치 않은 분위기가 내실을 무겁게 짓눌렀다.
 천외천주 노자군은 아까부터 관자놀이를 톡톡 건드리며 상념에 빠져 있었다.
 천외천의 수뇌들은 이러지도 저러지도 못한 채 그의 눈치만 살필 뿐이었다.
 "하여 그대들이 생각하는 결론이 무엇이오?"
 천외천주가 깊은 상념의 사슬을 끊어내곤 좌중을 쓸어보며 물었다.
 "밀영대의 보고에 의하면 적령이 무단이탈을 하기 얼마 전 공교롭게도 윤이 홀로 철혈무가를 빠져나갔다고 합니다. 속하의 소견으로는 아무래도 적령과 윤이 만났을 것이라는 느낌을 지울 수가 없습니다."

전대 천령 중 이천이 조심스럽게 노자군의 말을 받았다.

"그렇다면 적령, 최령, 화령, 아니, 그것도 모자라 그들을 호위하는 천외천 무사 모두가 윤이라는 아이 한 명에게 당하기라도 했다는 말이오?"

노자군이 사뭇 싸늘한 눈빛으로 물었다.

자신도 직감하는 일이었지만 아니길 바라는 마음에 쏘아붙인 것이다.

"만약 속하의 소견이 정말이라면 은영들이 나섰을 것이라 생각됩니다."

이천의 음성에는 흔들림이 없었다.

"여립은? 여립 또한 윤에게 당한 것 같소?"

"확단할 수는 없지만, 그럴 가능성이 매우 크다고 사료되옵니다."

이천이 공손하게 대답했다.

"만약 그 모든 추측이 사실이라면 윤이라는 아이의 정체는 확실해지는 것이란 말인데…… 이천, 이 점에 대해서는 어찌 생각하시오?"

유독 이천만 물고 늘어지는 노자군이었다.

그만큼 그의 심기가 깊고 상황 파악이 명확하고 빠르기 때문이다.

"이번 일이 아니더라도 윤이 은영 중 일인이라는 것은 이미 예상했던 일입니다. 문제는 천문에서의 그의 위치가 아니겠습니까?"

이천이 조심스럽게 자신의 의견을 피력했다.

"이천께서는 그의 위치가 어떨 것 같소?"

노자군이 곧바로 물었다.

"적어도 은영칠주 중 한 명일 것입니다. 물론 그 이상일 수도 있겠지요."

"다른 천성들께서는 이 점에 대해 어찌 생각하시오?"

노자군이 좌중들을 쓸어보며 물었다.

그러자 모두들 이천의 말에 수긍한다는 의견을 내놓았다.

"천주, 사태가 생각보다 무척 심각한 것 같습니다. 아무래도 저희 중 누군가가 직접 나서야 할 듯싶습니다."

가만히 이야기를 듣고만 있던 일천이 문득 나섰다.

"천외천의 대공자가 사라졌고, 천령 셋이 소리 소문 없이 사라졌으니 당연히 엄청난 사태가 아니겠소?"

노자군이 사뭇 비꼬는 말로 반문했다.

하지만 그것도 잠시, 그가 독백하듯 입을 열었다.

"그래서 천성들께서 직접 나서신다?"

"천주, 속하 육천이 윤이라는 놈을 직접 잡아와 심문토록 하겠습니다."

천성 중 가장 호전적인 인물로 알려진 육천이 힘을 주어 말을 했다.

"윤이라는 아이가 천문의 은영칠주 중 한 명이라면 만만한 상대가 아닐 터인데……."

노자군이 슬쩍 말꼬리를 흐렸다.

육천이 아무리 전대 천령 중 일인이라 하나 사실 천문의 은 영칠주를 생포하는 것은 조금 무리였다.

"……."

아무런 대꾸도 하지 못하는 육천.

사실 노자군이 꺼낸 말이 지극히 옳았기에 그런 것이기도 했지만, 그의 말에 심기가 단단히 꼬인 것도 그가 침묵하는 이유였다.

"삼천."

"말씀하십시오, 천주."

노자군의 호명에 삼천이 고개를 깊이 숙였다.

"가능하시겠소?"

노자군이 짧게 물었지만 삼천은 그 질문의 의미를 금방 파악할 수 있었다.

윤을 생포할 수 있는지 그 가능성을 묻는 것이었다.

"물론입니다, 천주."

삼천이 확고한 음성으로 대답했다.

그에 노자군이 만족한 듯 고개를 앞뒤로 크게 끄덕였다.

무공 실력으로만 따지자면 삼천은 전대 천령 중 단연 최고의 실력자라고 할 수 있었기 때문이다.

"죽여서는 안 될 것이오. 반드시 산 채로 잡아와야 이 본인 앞에 무릎을 꿇려야 할 게요. 또한 여립과 적령, 그리고 두 천령이 어찌 된 것인지 그 연유까지 밝혀내야 할 것이오."

"명심하겠습니다."

노자군이 노기를 지그시 억누르곤 말을 하자 삼천이 다시금 고개를 조아렸다.

그런 그를 잠시 일견하던 노자군이 육천을 향해 다시금 입을 열었다.

"육천께서는 삼천과 함께 길을 떠나도록 하시오."

"육천, 천주의 명을 받습니다."

자존심 상하는 명령이었지만, 육천의 표정은 진지하기 그지없었다.

"지금 윤은 어디에 머물고 있다 하더이까? 철혈무가요?"

노자군이 이천을 바라보며 물었다.

"그렇습니다."

"철혈무가로 들이닥쳐 그를 잡아올 수는 없는 일이 아니겠소? 삼천, 묘안이 있소?"

"방법이야 찾으면 되는 것이 아니겠습니까? 곧바로 계획을 수립하여 보고를 드리도록 하겠습니다."

삼천이 음성에 노자군의 마음이 다소 누그러졌다.

노자군에게 있어 전대 천령 중 가장 믿음이 가는 수하가 바로 삼천이었던 까닭이다.

"삼합회주, 칠천의 움직임은 어떻소?"

이번에는 일천을 향해 물었다.

"삼합회의 칠각주를 대동하고 직접 백도련 소속의 무가들을 응징하고 있다 합니다."
"껄껄껄!"
일천의 보고에 노자군이 갑자기 대소를 터뜨렸다.
"칠천다운 행동이구려. 역시 칠천답소이다. 껄껄!"

                *   *   *

으슥한 밤, 윤의 거처에는 여전히 불이 환했다.
그리고 일렁이는 등불이 세 사내의 얼굴을 붉게 물들이고 있었다.
초저녁부터 시작된 이야기는 좀처럼 끝이 날 기미가 보이지 않았다.
그만큼 오가는 이야기가 중요하단 의미리라.
"어렵군요."
윤이 두 손으로 얼굴을 감싸며 짧게 중얼거렸다.
대체 무엇부터 해야 할지 도통 감을 잡을 수 없었던 까닭이다.
적여립의 입만 열게 하면 모든 일이 순조로워질 것만 같았는데, 오히려 상황은 더욱 복잡하게 느껴졌다.
마치 잔뜩 꼬인 실타래처럼 좀처럼 풀 수 있는 방법이 떠오르지 않았던 것이다.
"고민이 깊어지면 더 헷갈려. 사는 게 다 그래. 우선 부딪치는 것이 최선의 방법일 때가 있는 거다."

가오성이 보다 못해 입을 열었다.
"허허, 그것 참, 그럴싸한 방법이구려."
순간 원치경이 너털웃음을 터뜨리며 말을 했다.
"지금 놀리는 거요?"
가오성이 대뜸 가자미눈을 뜨곤 원치경을 흘겨봤다.
이상하게도 원치경이 자신을 향해 입만 열면 빈정거리는 말투로 느껴졌기 때문이다.
"놀리다니요? 진심이오."
원치경이 어깨를 으쓱거렸다.
그런 그가 이내 윤을 바라보며 입을 열었다.
"영주, 어떻습니까? 무사님의 말씀처럼 고민이 깊어진다 하여 좋을 건 없을 듯합니다. 모든 일이 경중을 논할 수 없는 중요한 일들이 아닙니까? 그냥 마음 가는 대로 하나 고르시지요."
원치경이 아무렇지도 않다는 양 입을 열었다.
그 모습에 가오성이 어이가 없는 표정으로 눈살을 팍 찌푸렸다.
저런 자가 건유운보다 높은 서열인 은영삼주라니.
가오성은 이 사실이 도무지 믿겨지지 않았다.
그 언행이 얼마나 경박한지 도대체가 생각이 없는 작자였다.
아무리 좋게 봐주려고 해도 한번 박힌 가오성의 생각은 좀처럼 달라지지 않았다.

'입만 열면 남의 말이구나. 머리는 장식인가? 어쩜 저렇게 빡빡 대머리와 똑같단 말이냐!'

순간 가오성의 머리로 도삼의 영상이 빠르게 스쳐 지나갔다.

"사형, 다시 생각해 봤는데, 무턱대고 함부로 움직이는 건 자살 행위 같아. 아무래도 더 고민을 해봐야 할 것 같다. 시작부터 어긋날 수는 없잖아. 물론 처음엔 어긋난 티가 안 나겠지만, 시간이 지나면 자칫 엄청난 위험이 초래할 수도 있을 거라구."

가오성이 갑자기 자신의 의견을 바꿔 말했다.

그런데 그 순간,

"듣고 보니 그럴싸한 말이오. 모든 일이 중요하니 한 번 더 그 경중을 심각하게 고민을 하는 것이 옳은 방법일 수도 있겠습니다."

"하아……."

가오성의 입에서 절로 헛바람이 새어 나왔다.

그런 그의 두 눈은 이미 원치경의 면면을 훑고 있었다.

그것이 무안했는지 원치경이 물었다.

"제 얼굴에 뭐라도 묻은 것이오?"

"묻었지요. 암요. 묻고말고요."

"뭐, 뭐가 묻었기에 표정이 그리……."

원치경이 우수로 얼굴을 더듬으며 말끝을 흐리더니 얼마 안 가 물었다.

"떼어졌소?"

"넉살이 덕지덕지 묻어 있다는 말이었습니다. 마음 편한 그 넉살이……."

"난 또 뭐가 묻어 있는 줄 알고……. 후후, 놀랐구려."

'천문에 이렇게 생각없는 자도 있었구나. 놀라울 뿐이야. 정말 놀라워.'

가오성이 내심 혀를 쯧쯧 찼다.

"우선은 은영사주를 만나봐야 할 것 같습니다. 독단적으로 일을 처리하기에는 사안이 너무 커진 것 같습니다."

잠자코 있던 윤이 마침내 입을 열었다.

그러자 으레 그랬듯 원치경이 곧바로 대답했다.

"역시 영주의 말이 정답인 듯싶습니다. 은영사주라면 충분히 작금의 상황을 헤아릴 수 있을 것입니다."

"이것도 맞다, 저것도 맞다. 도대체 스스로 생각한 의견은 없는 것입니까?"

가오성이 답답한 듯 원치경에게 따져 물었다.

"영주께서도 그렇고 무사께서도 그렇고, 이렇게 좋은 의견들이 넘쳐나는데 굳이 제가 나설 필요가 있을까 싶습니다. 후후후……."

"하아, 정말 마음 편히 사십니다."

"하늘이 의를 안다면 모든 일이 순리대로 잘 흘러갈 텐데 마음을 졸이며 살 필요가 무에 있겠습니까. 껄껄!"

윤과 가오성과 달리 원치경의 표정은 정말 시종일관 편안해 보였다.

"영주, 너무 고민하지 마십시오. 세상에 정답이 어디 있겠습니까. 일을 처리함에 있어 최선의 방법보다 중요한 것은 최선을 다하고자 하는 마음이라 했습니다."

순간 원치경이 웃음기를 지우며 입을 열었다.

'이 사람이 갑자기 왜 이래? 사람 혼란스럽게.'

사뭇 다른 그의 표정에 가오성이 이건 또 뭔가 싶어 두 눈을 동그랗게 떴다.

그리고 그 순간 윤의 미간이 살짝 찌푸려졌다.

'최선을 다하고자 하는 마음?'

원치경의 말을 내심 다시금 중얼거리는 윤.

놀랍게도 그의 말에 복잡하게 꼬여가던 고민들이 조금씩 풀리기 시작했다.

"후후후……."

원치경이 그런 윤을 바라보며 기분 좋은 웃음을 지어 보였다.

그리고 그런 그를 향해 윤 또한 미소를 슬쩍 지었다.

"훌륭한 가르침, 감사드립니다."

그날 새벽.

윤은 모든 고민을 잠시 접어두고 은영삼주 원치경과 함께 길을 나섰다.

건유운을 만나기 위해 유운객잔으로 떠나기로 결정을 내렸던 까닭이다.

같이 가겠다고 끝까지 떼를 쓴 가오성은 결국 윤과 함께하지 못했다.

월하정 지하에 감금된 적여립과 적여하를 감시할 인물이 필요했기 때문이다.

어쨌든 그렇게 길을 나선 윤과 원치경은 최대한 빠른 걸음으로 유운객잔으로 이동했다.

그 시각.

천외천의 삼천과 육천을 비롯한 천외천의 정예무사들 또한 칠흑의 어둠을 틈타 은밀한 움직임을 시작하고 있었던 것이다.

"……."

거뭇한 복면을 뒤집어쓴 무인들.

이 밤의 어둠만큼이나 짙은 복면이 그들의 얼굴 전체를 빈틈없이 감싸고 있었다.

그 모습이 마치 창공을 유연히 나는 검은 매의 형상을 보는 듯했다.

그들이 바람처럼 움직일 때마다 깊이 잠들어 있던 어둠이 조금씩 깨어났다.

그 흔한 발걸음 소리도 없이 동시다발적으로 전방으로 쏘아지는 이삼십 명의 무인.

그들이 스치는 곳곳마다 스산한 밤바람의 소음만이 흩날릴 뿐이었다.

그렇게 얼마나 달렸을까.

이동 중 어느 한순간 삼천의 우수가 살짝 들려졌다.

그러자 그 순간 거짓말처럼 모든 천외천 무사들의 신형이 뚝 멈춰졌다.

그렇게 잠시의 시간이 적막에 가려 조용히 흘러갔다.

    *   *   *

윤과 원치경이 약속이나 한 듯 동시에 발걸음을 멈췄다.

칠흑의 어둠이 내려앉은 깊은 산중에서의 일이었다.

"느끼셨습니까?"

원치경이 짧게 물었다.

멀리서 전해진 인기척으로 그의 표정은 차갑게 굳어 있었다.

"예."

윤이 짤막하게 대답했다.

"속하가 앞서겠습니다."

원치경이 한 발짝 나서며 말을 했다.

윤은 그런 그를 제지하지 않았다.

그저 오감을 활짝 열곤 조심스럽게 신형을 이동시킬 뿐이었다.

"……."

윤과 원치경이 걸음을 옮길수록 심상치 않은 기운이 그들의 살갗을 간질였다.

한두 명이 뿜어내는 기운이 아니었다.

그리고 그 기세를 가늠해 보건대 그 실력 또한 녹록치 않아 보였다.

그렇게 얼마나 이동했을까.

피융!

섬뜩한 파공음이 대기를 갈랐다.

순간 원치경이 번개처럼 검을 뽑아 허공에 휘둘렀다.

깡— 까가강!

격렬한 금속성이 어둠을 울렸다.

암기였다.

"역시 좋은 의도는 아닌 듯합니다."

날아든 암기들을 깔끔한 솜씨로 모두 막아낸 원치경이 나지막한 음성을 말을 했다.

"그렇다면 천외천이겠군요."

윤의 말에 원치경이 무겁게 고개를 끄덕였다.

"조심하십시오, 영주."

"걱정 마십시오."

윤이 사방에서 조금씩 다가오는 기운을 가늠하며 담담하게 대답했다.

그렇게 얼마의 시간이 흘렀을까.

처처척—

일단의 무리가 현란한 동작으로 윤과 원치경을 에워싸며 마침내 그 모습을 드러냈다.

 그 모습을 삼천과 육천이 멀찍이 떨어진 장소에서 느긋하게 바라보고 있었다.

 "고작 두 명을 잡는 데 저토록 많은 정예들을 데려오다니……. 도통 이해가 되질 않습니다."

 육천이 불편한 심기를 감추지 않았다.

 "확실한 것이 좋지 않겠습니까. 대공자와 천령들의 행방을 조사하기 위해서도 필요하구요."

 삼천이 여유롭게 대답했다.

 "그야 그렇지만… 그래도 좀 너무하단 생각입니다."

 "모두 그 이용 가치가 있을 것입니다. 그러니 그만 화를 푸시지요. 어쨌건 중요한 건 저 아이를 생포하는 것이 아니겠습니까?"

 "으음……."

 육천이 가벼운 신음성을 내뱉고는 어쩔 수 없다는 듯 저 멀리서 검을 뽑아 든 윤과 원치경을 가만히 주시했다.

 "아무리 천외천의 정예들이라 하나 저들이 만약 은영칠주라면 힘들지 않겠습니까?"

 육천이 물었다.

 "저들의 무위를 확인한 뒤 움직여도 늦진 않을 것입니다."

 삼천의 음성은 여전히 느긋했다.

 깡!

 순간 저 멀리서 첫 번째 금속성이 울려 퍼졌다.

쐐애애액-

원치경이 천외천 무사의 검을 가볍게 튕겨내곤 그의 가슴을 사선으로 길게 그었다.

파앗-

천외천 무사가 원치경의 검을 피하려 다급하게 신형을 뒤로 빼냈다. 정면으로 대적하기에는 검에 담긴 위력이 실로 엄청났던 까닭이다.

"영주, 난전을 유도하십시오. 이들의 합격진에 빠진다면 자칫 봉변을 당할 수도 있습니다."

원치경이 등을 맞댄 윤에게 나지막이 속삭였다.

그에 윤이 가볍게 고개를 끄덕이곤 전방을 향해 쏜살처럼 달려들었다.

쾌애애액-

용혈검이 어둠을 가르자 섬뜩한 파공음이 대기를 떨쳐 울렸다.

까앙-

'크으윽-'

한 복면무인이 용혈검의 위력을 감당하지 못하고 뒤로 주르륵 밀려났다.

엄청난 통증이 그의 뼛속으로 파고들었다.

그런 그의 목울대가 순간 울컥거렸고, 그의 입가로 가는 핏물이 새어 나왔다.

부르르-

검을 부여잡은 복면무인의 두 손이 세찬 경련을 일으켰다.
파파팟—
윤의 실력이 만만치 않음을 느꼈음인지 네 명의 복면인이 동시다발적으로 윤을 향해 달려들었다.
동서남북 사방의 방위를 점한 기본적인 합격이었다.
순간 윤의 입가에 시린 미소가 걸렸다.
그 모습이 무척 여유 만만해 보였다.
근소한 실력 차라면 합격이 주는 위험이 엄청날 테지만, 지금 윤을 향한 합격은 그에게 일말의 긴장감도 더하지 못했던 까닭이다.
그것을 증명이라도 하듯 윤이 신형을 풍차처럼 회전을 시키며 용혈검을 휘둘렀다.
순간 대기가 폭풍을 만난 듯 격렬하게 용동을 쳤다.
서걱—
"크으윽—!"
사방에서 고통을 이기지 못한 신음성이 흘러나왔다.
윤을 향해 달려들던 네 명의 무인이 저마다 목을 부여잡은 채 동시에 휘청거렸다.
그런 그들의 목에서 핏물이 콸콸 쏟아져 내렸다.
"목숨으로 진을 지켜라!"
찰나지간 일어난 놀라운 광경에 한 천외천 무인이 허공을 향해 일갈을 내질렀다.
네 명의 무인이 땅 위에 꼬꾸라지기가 무섭게 또 다른 네 명의 복면인이 윤을 향해 섬뜩한 검 끝을 겨냥했다.

"허어……."
육천의 입에서 절로 감탄성이 터져 나왔다.
"이제야 확실해진 것 같군요."
삼천의 눈매가 가늘어졌다.
몇 합의 싸움만으로도 윤이 은영칠주 중 일인이라는 것을 확신할 수 있었기 때문이다.
"우리가 나서야 않겠습니까?"
육천이 물었다.
저러다간 일각이 채 지나기도 전에 수하들이 모두가 죽을 것 같았기 때문이다.
"은영칠주라……."
삼천이 홀로 중얼거렸다.
전대의 은영칠주와 싸운 경험이 있는 그로서는 그들의 무서움을 익히 잘 알고 있었다.
'기대되는군.'
순간 삼천의 입가에 진한 미소가 매달렸다.
"제가 윤이라는 아이를 맡겠습니다."
삼천이 육천에게 말을 했다.
"그럼 제가……."
육천이 말끝을 흐리곤 걸음을 떼었다.
그리고 이내 그의 신형이 원치경을 향해 쏘아졌다.

삼천과 맞서다

"물러나라! 너희들이 대적할 실력이 아니다!"

육천이 득달같이 달려들며 내력을 실은 웅혼한 일갈을 허공에 내질렀다.

육천의 일갈에 담긴 내공은 쉽게 쌓아 올릴 만한 공력이 아니었다.

천외천의 천령 중 이만한 내공을 쌓은 이가 과연 있을까 할 만큼 대단한 것이었다.

'전대의 천령인가?'

순간 원치경의 미간이 슬쩍 좁혀졌다.

"물론 천문의 은영이겠지?"

어느새 시퍼런 검을 뽑아 든 육천이 원치경을 향해 입을 열었다.

"그렇긴 한데, 그걸 묻는 귀하는 누구요?"

원치경이 솔직히 대답하곤 물었다.

"후훗! 네놈이 짐작하는 바가 정답일 것이다."

육천의 입가에 비릿한 미소가 감돌았다.

"기골이 거인처럼 장대하고, 안면에 수북한 수염을 달고 다닌다는 육천인가 보오?"

원치경이 피식 웃음을 지었다.

그 모습에 육천의 두 볼이 씰룩댔다.

"본좌의 정체를 알면서도 여유를 부리느냐? 아주 맹랑한 놈이로구나."

"그럼 호랑이를 만난 개처럼 몸이라도 발발 떨어야 합니까? 천문의 은영들은 그런 짓 못하외다."

"껄껄껄! 네놈의 아가리가 저잣거리의 이야기꾼 못지않구나. 건방진 놈! 감히 내 앞에서 입 냄새 나는 주둥이를 놀리다니! 본좌가 두렵지도 않은가 보구나."

너털웃음을 터뜨리던 육천이 갑자기 두 눈을 섬뜩하게 부라리며 으르렁거렸다.

"두려움이라? 후후, 천외천의 삼천이라면 혹 모를까, 고작 육천을 상대하는데 두려움을 느낄 필요가 있을지 모르겠군요."

"뭐라? 고작 육천? 네놈이 스스로 명을 단축하는구나?"

"자고로 늙으면 말이 없어진다 하던데, 꼭 그런 것만은 아닌가 보오?"

원치경이 계속 육천의 심기를 건드렸다.

그런 그의 얼굴에는 웃음기가 지워지지 않았다.

그때였다.

"싸움을 아는 아이구나."

뒤늦게 당도한 삼천이 중얼거렸다.

그런 그가 원치경을 잠시 일견하곤 윤을 바라보며 물었다.

"네 이름이 윤이더냐?"

"알고 길을 막은 것 아니오?"

윤이 오히려 되물었다.

"내 괜한 질문을 했나보구나."

삼천과 맞서다

삼천이 무안한 듯 고개를 앞뒤로 끄덕였다.

그리고 이내 입을 다시금 열었다.

"검을 버리라 하면 버릴 수 있겠느냐?"

검을 버린다 함은 싸움을 포기하는 의미. 즉, 패배를 시인한다는 것이다.

"후훗!"

윤이 피식 미소를 흘렸다.

대답할 가치도 없었기 때문이다.

"역시 그건 어려운 일이겠지? 난 천외천에서 삼천의 직책을 가지고 있는 천호장이라 한다."

'삼천?'

순간 윤과 원치경의 눈매가 동시에 날카롭게 빛났다.

익히 삼천의 능력이 어떤지 알고 있는 까닭이다.

"나까지 이렇게 나설 줄은 몰랐는데, 무진강의 안배가 또 한 번 나를 놀라게 만드는구나. 아마도 나를 상대하려면 네 가진 바 능력을 모조리 쏟아부어야 할 것이다."

"그러지요."

찌이이잉—

윤이 짤막하게 대꾸하곤 삼천의 미간을 향해 용혈검을 겨냥했다.

그러자 용혈검의 검신에서 기이한 울음이 토해졌다.

쐐애액!

선수를 친 사람은 윤이었다.

처음부터 극성의 천문 비전 내력을 용혈검에 담아 구천류를 펼쳤다.

상대가 천외천의 삼천이라면 그 승부를 결코 장담할 수 없었기 때문이다.

까아앙!

삼천이 쾌속하게 검을 빼 들어 용혈검을 비껴 쳐냈다.

'용사량과 마주한 느낌이구나!'

삼천의 얼굴에 사뭇 감탄의 빛이 어렸다.

윤이 휘두른 용혈검에서 전해진 힘이 상상 밖으로 강했던 까닭이다.

"……."

삼천의 검신이 세찬 바람을 맞은 갈대처럼 부르르 떨렸다.

"놀라운 실력이구나. 너는 내 검을 받을 만한 충분한 자격이 있다."

한 번의 격돌이었지만 삼천은 윤의 능력을 어느 정도 가늠할 수 있었다.

파앗—!

이번에는 삼천이 먼저 움직였다.

그 동작이 얼마나 신묘하고 빠른지 말로써 설명할 길이 없을 정도였다.

쩌어어엉—!

삼천의 얇은 검신에서 뿜어진 폭풍과도 같은 거력이 산중의 대기를 일시에 쪼개 버렸다.

천년바위도 삼천의 일 검에 두부처럼 잘릴 것만 같은 엄청난 힘이었다.

쿠과과꽝—!

삼천의 검력에 산 바닥이 폭탄을 맞은 듯 커다란 폭발음과 함께 움푹 파였다.

가뜩이나 어두운 밤인데, 갑자기 일어난 먼지로 사방은 일시에 암흑천지로 변해 버렸다.

"후우……"

삼천의 공격을 피해 뒤로 멀찍이 물러선 윤의 입에서 절로 한숨이 토해졌다.

윤은 삼천과의 정면 대결을 피했다.

그만큼 천외천의 삼천은 입신의 경지에 이른 엄청난 고수였다.

은영사주 건유운에게 듣기로는 전성기 때의 용사량조차도 천외천의 삼천에게는 한 수 접어준다고 했다.

스으윽—

윤의 오른발이 조심스럽게 땅을 쓸었다.

삼천과의 거리는 사오 장여.

윤과 삼천에게 있어서는 한달음에 압축될 거리였다.

"후후……"

순간 삼천의 입가에 상황에 어울리지 않는 미소가 걸렸다.

"그 정도의 실력으로는 여림을 어찌 할 수 없었을 터인데.

물론 세 명의 천령 또한 감당키는 어려웠을 것이고. 어찌 된 것이냐?"

삼천이 윤이 저지른 소행이라 확신하고 물었다.

"그야 지켜보면 알 것이 아니겠소."

"본신의 힘을 감추고 있다는 말이냐?"

삼천이 미소를 거두며 또다시 물었다.

여유롭기 그지없는 그의 전신에서 일대종사의 위엄이 뚝뚝 흘러내렸다.

"그럴지도……."

윤이 오감을 활짝 연 채 삼천의 주위를 조금씩 이동하며 말 끝을 흐렸다.

"감히 본좌를 상대로 본신의 힘을 감춘다? 껄껄껄!"

순간 삼천이 대소를 터뜨렸다.

그러던 그가 웃음기를 채 지우지 못하고 입을 열었다.

"천문의 무진강이 다시 살아 돌아온다면 모를까, 현 천문에서 본좌를 꺾을 사람은 감히 없느니라."

"그랬군요."

지이이잉―!

윤이 천문의 비전 내력을 조절하며 용혈검을 비껴 틀자, 순간 용혈검이 즉각적으로 반응을 보였다.

순간,

파아앗―!

한줄기 섬광이 쏘아지는 듯 윤이 삼천을 향해 돌진했다.

곧게 뻗은 용혈검의 검 끝이 어둠 속에서 시뻘건 빛을 발하는 듯했다.

그 속도가 어찌나 쾌속한지 눈으로는 절대 쫓을 수 없는 빠르기였다.

하지만 상대는 천외천의 삼천이었다.

휘이익—!

삼천이 마치 춤을 추듯 검을 든 팔로 허공에 커다란 원을 그렸다.

그러자 그 순간 놀라운 일이 벌어졌다.

사방의 공기가 삼천이 그린 원 속으로 빨려들어 보이지 않는 방어막을 형성했던 것이다.

퍼엉—!

삼천이 좌수를 전방으로 빠르게 뻗어내자 요란한 폭발음이 터져 나왔다.

'으음……'

윤이 내심 심각한 고민에 빠져 깊은 한숨을 내쉬었다.

이대로 돌진하자니 자신을 향해 빠르게 쏘아지는 무형의 힘이 마음에 걸렸다.

그렇다고 그냥 물러서자니 더 큰 피해를 입을 것 같았다.

'좋다!'

윤이 빠르게 천살성의 기운을 용혈검에 주입시켜 천문의 비전 내력에 힘을 보탰다.

쾌애애액—!

순간 한줄기 빛에 눈부신 섬광이 타올랐다.

그리고,

푸시시식—

윤이 자신을 향해 폭사된 보이지 않는 거대한 힘을 뚫자 희뿌연 수증기가 거칠게 흩날렸다.

마치 뜨겁게 달구어진 시뻘건 금속을 얼음물에 집어넣은 듯한 착각이 일었다.

콰아아앙—!

파파파팍—!

거대한 폭발음과 동시에 누가 먼저랄 것도 없이 뒤로 주르륵 밀려나는 윤과 삼천.

"……!"

삼천이 신형을 멈추기가 무섭게 저 멀리 우뚝 서 있는 윤을 놀란 두 눈을 치켜뜨곤 바라봤다.

'내, 내가 밀리다니!'

삼천이 도저히 믿을 수 없다는 양 내심 더듬거렸다.

이 세상천지에 힘으로 자신을 밀어낼 수 있는 자가 과연 몇이나 될까.

천외천주라면 모를까, 없다고 봐도 무방했다.

그런데 자신이 밀린 것이다. 그것도 새파랗게 젊은 윤에게 말이다.

내력은 하루아침에 쌓이는 물건이 아니다.

오랜 시간 동안 부단한 노력을 해야만 얻을 수 있는 물건이 바로 내력인 것이다.

 물론 뛰어난 신공이라면 그 시간을 단축시킬 수 있고, 같은 시간 동안 더 많은 힘을 축적할 수 있다.

 삼천 자신이 그랬던 것처럼 말이다.

 아무리 윤이 뛰어난 신공을 연마했다 해도 저 나이에 자신을 밀어낼 힘을 얻는 것은 불가능했다.

 주르륵―

 육천의 이마로 굵직한 땀방울이 흘러내렸다.

 생각지도 못한 복병 원치경을 만나 지금껏 절절매고 있는 육천이다.

 자존심이 상하는 일이었지만, 지금 이 순간 육천은 한참 어린 원치경을 상대로 연신 뒤로 밀리고 있었다.

 '이, 이런 제길!'

 검 끝을 중단으로 끌어올린 육천이 내심 욕설을 내뱉었다.

 이글이글 타오르는 그의 두 눈이 원치경을 죽일 듯 노려보고 있었다.

 "오냐! 사생결단을 내자꾸나!"

 육천이 희멀건 이를 드러내며 으르렁거렸다.

 "난 죽기 싫소. 결단은 그쪽이나 내리시오. 후후……."

 원치경이 능글능글 미소를 지으며 육천의 심기를 박박 긁어 댔다.

 그에 꼬일 대로 꼬여 버린 육천의 심장이 폭발하기 일보 직전이었다.

하지만 육천은 쉽사리 움직일 수가 없었다.

눈앞에 거목처럼 서 있는 원치경이 자신에게 주는 압박감이 엄청났던 까닭이다.

"뭐하시오? 방금 전 사생결단을 낸다 하지 않았소? 물론 이 몸은 당연히 생이 될 테고 천외천의 육천께서는 사를 챙겨 저승길에 오르면 될 것이오."

"뭐, 뭐라! 노오옴!"

쿠우우우우―!

원치경의 놀림에 육천이 결국 치솟는 화를 참지 못하고 신형을 뽑아 올렸다.

그가 서 있던 자리가 움푹 파일 정도로 치가 떨리는 힘이었다.

하지만 그 엄청난 힘을 보고도 원치경은 눈 하나 깜짝하지 않았다.

챙!

"또 한 번 놀아봅시다!"

원치경이 섬뜩한 검신을 허공에 떨쳐내며 자신을 향해 육박해 오는 육천을 향해 달려들었다.

거리는 일시에 사라졌고, 두 사내의 검이 허공에서 벼락처럼 부딪쳤다.

콰아앙―!

'크윽!'

순간 육천은 기혈이 뜨겁게 끓어올랐다.

원치경과 정면으로 부딪칠 때마다 이상하게 몸속을 휘도는 피가 뜨겁게 달아올랐다.

 쐐애애액—!

 '제, 제길!'

 순간 들끓은 기혈로 육천의 상체에 빈틈이 생기자 원치경이 그것을 놓치지 않고 검을 휘둘렀다.

 그에 육천의 얼굴이 까맣게 물들었다.

 도저히 피할 방도를 찾을 길이 없었다.

 그렇다고 막을 용기도 나질 않았다.

 한 번 더 원치경의 검과 부딪친다면 검게 죽은 핏물이 입 밖으로 쏟아질 것만 같았기 때문이다.

 육천의 고민은 깊었지만 결정은 그 무엇보다 빨랐다.

 서걱—

 파파팍—

 달려들기가 무섭게 황급히 뒷걸음질을 치는 육천.

 그런 그의 옆구리에서 시뻘건 핏물이 주르륵 흘러내렸다.

 일견하기에도 작지 않은 상처였다.

 그러나 고통도 느끼지 않는지, 그리고 분노인지 놀람인지 모를 감정으로 육천의 두 눈이 더욱 맹렬히 타올랐다.

 "천외천의 전대 천령이라 하더니, 후후, 몸뚱이에 기름칠 좀 해야 하는 것 아니오? 가까이서 들어보니 뼈마디가 부딪치는 소리가 들리던데."

 뭔 할 말이 그리 많은지 싸우는 내내 쫑알쫑알 이죽거리는 원치경이었다.

정말 원치경의 검술도 무섭기 그지없지만 그의 입 또한 실로 대단한 무기였다.

그래서일까.

육천은 내심 저 주둥이만 다물게 할 수 있으면 자신이 가진 바 힘을 더 끌어올릴 수 있을 것만 같았다.

하지만 안타깝게도 그에게는 원치경의 입을 다물게 할 수 있는 힘이 없었다.

그때였다.

처처처척—!

지금껏 싸움을 지켜보던 천외천의 무사들이 원치경의 앞을 막아서며 그를 향해 서슬 퍼런 검을 치켜들었다.

그 모습에 원치경이 피식 비웃음을 흘렸다.

"자고로 은영칠주와 천령들의 싸움에는 이물질이 끼지 않는 법이거늘. 육천, 옆구리의 상처가 깊으십니까?"

"무, 물러서지 못할까!"

육천이 순간 허공을 향해 버럭 일갈을 내질렀다.

차라리 죽으면 죽었지, 이런 치욕을 당할 수는 없는 일이기 때문이었다.

"상처가 깊으십니다. 저희가 일단……."

"뭐라!"

육천이 순간 번개처럼 검광을 흩뿌렸다.

쐐애애액—! 서격—!

삼천과 맞서다 37

섬뜩한 파공음이 일기가 무섭게 입을 연 천외천 무사의 목이 사라졌다.

"감히 네놈들이 본좌의 앞을 가로막는단 말인가!"

육천이 휘자를 번들거리며 천외천 무인들에게 노성을 터뜨렸다.

그러자 천외천 무사들이 어쩔 수 없다는 듯 사방으로 쏜살처럼 흩어졌다.

"역시 천외천의 천령다운 처사시오. 후후후."

"노오옴……."

원치경의 이죽거림에 육천의 얼굴이 시뻘겋게 달아올랐다.

그리고 그 순간 그의 전신으로 기이한 기운이 꿈틀거리며 피어올랐다.

가진 바 내력을 모조리 끌어올린 까닭이다.

그런 그의 얼굴에 비장한 각오가 깃들어 있었다.

"본좌를 능멸한 대가! 똑똑히 치를 것이니라!"

"능멸이라? 그건 힘이 있는 자가 없는 자에게 하는 말이 아니오?"

원치경이 오히려 되물었다.

"놈! 네놈의 건방짐이 하늘을 찌르는구나!"

대노한 육천의 이성은 이미 반쯤 사라진 상태였다.

"난 육천과 달리 건방을 떨 만큼은 되오. 그리고 천문의 은영삼주를 상대로 이만큼 버텼다면 오히려 육천 그대가 대단한 것이 아니겠소. 아니 그렇소?"

원치경의 한쪽 입아귀가 살짝 올라갔다.

'으, 은영삼주?'

순간 육천이 두 눈을 살짝 치켜떴다.

천문과 천외천은 그 뿌리가 같은 조직이었다.

어느 순간 그 이념이 달라져 갈라선 이래로 그들은 불구대천 원수가 된 것이다.

하지만 그들이 원수가 되었다 하나, 그 조직 체계까지 달라진 것은 아니었다.

비록 명칭은 달라졌으나, 그 체계만큼은 하나의 뿌리일 때처럼 똑같았던 것이다.

그렇다면 은영삼주는 천외천의 삼천과 같은 위치에 있는 자라 할 수 있었다.

그들은 천문과 천외천을 대표하는 최고의 전사라 할 수 있었던 것이다.

* * *

폐허처럼 변한 산중.

그리고 윤과 삼천의 몰골 또한 주변의 모습처럼 엉망진창이 된 터였다.

윤과 삼천의 대결은 점점 그 정점을 향해 치닫고 있었다.

삼천은 기를 쓰고 덤비는 윤의 모습에 놀라움을 금할 수 없었다.

벌써 승부를 결했어도 모자랄 판에 박빙의 싸움을 펼치고 있다니.

삼천으로서는 이 현실을 도무지 믿을 수가 없었다.

'어찌 저 나이에 이토록 강한 힘을 뿜어낼 수 있단 말인가! 대관절 이것이 말이 될 법한 소리인가!'

삼천이 용혈검을 움켜쥔 채 자신을 노려보는 윤을 바라보며 생각했다.

"너의 정체가 대체 무엇이냐?"

삼천이 답답한 마음에 물었다.

"은영이오."

윤이 짤막하게 대답했다.

"고작 천문의 은영 따위가 어찌 나 삼천과 검을 섞을 수 있단 말이냐?"

"후훗! 왜 그런지 곧 알게 될 것이오."

구오오오—

윤이 싸늘한 미소를 짓곤 삼천을 향해 일 보를 내디뎠다.

그러자 그의 전신에서 무시하지 못할 강력한 기운이 사방으로 뻗어 나왔다.

그 모습에 삼천의 미간이 잔뜩 좁혀졌다.

무릇 사람은 지치게 마련인데, 오히려 윤의 기세는 시간이 지날수록 더욱 거칠어졌기 때문이다.

'으음……. 저 괴물을 어찌 산목숨으로 데려갈 수 있다는 말인가. 어쩔 수 없이 천주의 명을 어겨야겠구나.'

삼천이 내심 중얼거리며 검을 재차 고쳐 잡았다.

우우우웅—!

일순 윤과 삼천 주위가 그들이 내뿜은 기운으로 인해 거친 몸서리를 쳤다.

파팟—!

동시에 서로를 향해 짓쳐드는 두 사내.

쾌애애액—!

쐐애액—!

윤과 삼천이 동귀어진이라도 하려는 듯 일말의 망설임도 없이 서로의 정수리를 향해 검을 내려쳤다.

콰과광—!

허공에서 두 사내의 기세가 부딪치며 커다란 폭발음이 울렸다.

휘청—

누가 먼저랄 것도 없이 두 사내가 휘청거렸다.

순간 폐부가 찢기는 듯 엄청난 고통이 윤의 머릿속을 휘저었다.

삼천의 상황이라고 별반 다르지 않았다.

그때, 윤의 두 눈이 반짝 빛나더니 휘청거리던 그의 신형이 그대로 삼천을 향해 쏘아졌다.

분명 엄청난 타격을 입어 회복의 시간이 필요할 텐데 믿을 수 없는 일이 벌어진 것이다.

"헛!"

삼천이 자신도 모르게 헛바람을 들이켰다.

제대로 중심을 잡기도 전에 일어난 일이라 놀라움을 금할 길 없었기 때문이다.

쒜애애액—!

그 순간 윤이 당황한 삼천을 향해 치켜든 용혈검을 사선으로 길게 내리그었다.

까아앙!

삼천이 휘청거리는 와중에도 빠르게 검을 비껴들어 용혈검을 막았다.

그런데 그 방어가 완벽치 않았던 까닭인지 그 순간 삼천의 입에서 고통스런 신음성이 새어 나왔다.

하지만 그것도 잠시.

'무, 무상류!'

삼천이 놀란 두 눈을 부릅뜨곤 절로 뒷걸음질쳤다.

하지만 윤은 삼천이 놀란 그 틈을 결코 놓치지 않았다.

그 우위를 논할 수 없는 절정고수들 간의 싸움에선 아주 사소한 빈틈 하나로도 그 승부가 갈리는 법.

푸욱!

순간 살이 뚫리는 섬뜩한 소음이 터져 나왔다.

"크으윽—!"

삼천이 자신의 배를 관통한 용혈검의 검신을 맨손으로 부여잡곤 두 눈동자를 파르르 떨었다.

"무, 무상류?"

삼천이 힘겹게 입을 열었다.

"그렇소."

"네, 네가 어찌……."

용혈검을 쥔 삼천의 두 손이 부르르 떨렸다.

그런 그의 입에서 검게 죽은 핏물이 주르르 흘러내려 그의 옷섶을 붉게 물들였다.

"내가 바로 당신들이 그토록 찾아온 천문의 영주이기 때문이오."

"뭐, 뭣이!"

삼천이 못 믿겠다는 듯 두 눈을 부릅떴다.

그 순간 윤이 삼천의 복부에 박혀 있던 용혈검을 비틀어 뽑아냈다.

서걱—!

"허어억—!"

삼천이 헛바람을 들이켜곤 고개를 숙여 봇물처럼 쏟아지는 핏물을 바라봤다.

그런 그의 신형이 이내 스르르 무너져 내렸다.

챙!

어느새 윤을 에워싼 천외천의 무사들.

도저히 믿지 못할 상황이 벌어져서인지 그들의 두 눈동자가 세차게 떨렸다.

그때였다.

"여기 뒤에도 있소."

결국 육천을 쓰러뜨린 원치경이 검붉게 물든 검을 축 늘어뜨리곤 입을 열었다.
"영주, 괜찮으십니까?"
"예. 숨은 쉴 만하군요."
"후후후······."
윤의 대답에 원치경이 다행이라는 듯 웃음 지었다.
"잠시 운기조식이라도 하고 계십시오. 마무리는 제가 짓도록 하겠습니다."
원치경이 눈앞의 적은 안중에도 없다는 듯 말을 했다.
"노오옴······."
그 모습에 천외천 무사들이 독이 오른 눈빛으로 그를 쏘아봤다.
하지만 그 누구 하나 원치경을 향해 덤벼드는 사람은 없었다.
그는 천외천의 육천을 쓰러뜨린 자였다.
그렇기에 남아 있는 모든 천외천 무사들이 한꺼번에 그에게 덤벼도 그의 옷깃 하나조차도 건드릴 수 없을 것이다.
순간, 그것을 입증이라도 하려는 듯 원치경이 번개처럼 천외천 무사들을 향해 달려들었다.

第二章 중원으로 향하는 흑풍대

수호무사

얼마 만에 밟아보는 고향 땅이란 말인가.
도삼의 입에 절로 미소가 걸렸다.
"크하하하! 드디어 내가 고향 땅을 밟는구나!"
도삼의 입에서 이내 광소에 가까운 웃음이 터져 나왔다.
하늘마저 깜짝 놀랄 커다란 소리였다.
"혀, 형님!"
흑풍대의 토담을 넘어서는 도삼을 발견한 허운이 냅다 달려가 그를 반겼다.
"허운아! 이 형님이 돌아왔다!"
"형님!"
허운이 널찍한 도삼의 품에 안겨 그와 함께 덩실덩실 춤을 쳤다.

그런 그의 두 눈에서 눈물이 찔끔 흘렀다.

"왜 이리 홀쭉해지셨습니까? 다치신 곳은 없고요?"

허운이 콧물을 훌쩍이며 물었다.

"다치긴 이놈아! 천하의 살혼도에게 그 무슨 망발이냐? 그나저나 별일없겠지?"

"별일은 없는데, 좀 썰렁해졌습니다."

허운이 어깨를 으쓱거리며 대답했다.

그러고 보니 여기가 흑풍대의 근거지가 맞는지 대원들을 찾아보기 힘들었다.

"다들 어디 갔냐? 뒈졌냐?"

"뒈지긴 누가 뒈집니까? 감히 흑풍대를 누가 건드릴 수나 있다고."

"근데?"

도삼이 허운의 면전에 고개를 들이밀곤 짧게 물었다.

"다들 돈 벌러 갔죠. 먹고는 살아야 하니까."

"돈을 벌어? 도적질을 갔단 말이냐?"

"대주께서 도적질은 하지 말라고 명하셨잖아요. 그런데 어찌 저희가 도적질을 할 수 있겠습니까!"

허운이 사뭇 짜증이 나는지 소리를 버럭 질렀다.

마적이 괜히 마적인가.

약탈과 도적질을 위해 모인 집단이 마적 아닌가.

그런데 그 중대한 임무를 금하다니.

허운으로서는 답답할 만도 한 일이었다.

 하지만 그의 말에 도삼이 굵직한 두 눈썹은 크게 꿈틀거렸다.

 "근데 이놈이, 안 보는 사이에 간덩이가 많이 부었나 보구나. 감히 어디다 대고 언성을 높여? 너 이놈, 간만에 한번 피를 토할 때까지 맞아볼래?"

 "에? 혀, 형님, 제, 제 말은 그런 것이 아니라……. 헤헤, 아시잖습니까?"

 "뭘 알아?"

 "에이, 형님~!"

 허운이 이내 꼬랑지를 바짝 말곤 도삼에게 아양을 떨었다.

 그에 기분이 다소 풀린 도삼이 물었다.

 "그럼 뭔 돈을 벌기 위해 갔단 말이냐?"

 "뭐, 사냥을 하는 놈도 있고, 약초를 캐다 파는 놈도 있고, 그런 놈들을 제외하면 모두가 상도에서 직업을 얻어 일을 하고 있습니다. 상도의 어지간한 일자리는 애들이 다 꿰차고 있답니다. 지금 흑풍대를 향한 상도의 민심이 말이 아닙니다. 자기네들도 먹고살아야 하는데, 애들이 다 일자리를 꿰차고 있으니……. 헌데 어쩝니까. 입 구멍이 포도청인데, 우리도 먹고는 살아야지."

 "휴우……."

 허운의 말에 도삼이 커다란 한숨을 내쉬었다.

 천하의 흑풍대가 어쩌다가 이 지경이 된 것인지 일순 답답함이 밀려들었던 까닭이다.
"해가 떨어지기 전에 한 명도 빠짐없이 깡그리 다 데려와."
"예? 모조리요?"
허운이 놀라 묻자 도삼이 고개를 끄덕였다.
"저 혼자 그 많은 애들을 다요?"
"그럼? 내가 갈까?"
도삼의 인상이 이내 험악하게 일그러졌다.
"그, 그럼 사냥 간 놈들과 약초를 캐러 간 놈들은 제외인 거죠?"
허운이 두려운 눈빛으로 물었다.
"걔들은 흑풍대 탈퇴했냐?"
"그, 그건 당연히 아니지요."
"그런데 그걸 왜 물어?"
"그, 그놈들이 어디 있는지 제가 어찌 다 안답니까?"
말도 안 되는 명령에 허운이 답답하여 애걸복걸했다.
"뒈지도록 맞고 갈래, 아니면 그냥 갈래?"
"혀, 형님, 제, 제발……."
허운이 대뜸 두 무릎을 꿇곤 도삼의 바짓가랑이를 부여잡았다.
그의 두 눈에서는 금방이라도 닭똥 같은 눈물이 흘러내릴 것만 같았다.
하지만 도삼의 표정은 한 치의 흔들림도 없었다.
"하나……."

"혀, 형님······."
"둘······."
"아, 저, 정말··· 혀, 형님······."
"세······."
"갑니다. 저 가요. 간다구요! 썅!"
허운의 신형은 이미 흑풍대의 토담을 넘어 저 멀리 내달리고 있었다.
"형님께서는 왜 흑풍대를 중원으로 데려오라고 하신 걸까? 근거지를 바꾸자는 얘긴가?"
그런 그를 바라보며 도삼이 깊은 고민에 잠겨 중얼거렸다.

얼마의 시간이 흘렀을까.
허겁지겁 흑풍대의 토담을 넘어서는 험궂은 인상을 가진 사내들.
그들은 도삼을 발견하자마자 바닥에 넙죽 엎드려 큰절을 올렸다.
"아이고, 부대주님! 어찌 이제 오신 겁니까? 기별 하나 없기에 부대주님께서 흑풍대를 버린 줄 알았습니다."
산만 한 덩치를 가진 흑풍대원들이 눈물을 찔끔 흘리며 아우성을 쳤다.
그렇게 반가운 해후가 짧게 이루어지고, 도삼이 서쪽 하늘을 바라보며 입을 불쑥 열었다.
"해 떨어지네."

중원으로 향하는 흑풍대 51

"에?"

도삼의 뜬금없는 말에 흑풍대원들이 고개를 갸웃거렸다.

그때였다.

"혀, 혀, 형님!"

저 멀리 먼지를 일으키며 죽어라 달려오는 허운이 사색이 된 표정으로 도삼을 불렀다.

그리고 그의 뒤를 수십여 명의 흑풍대원이 따르고 있었다.

거리는 백오십여 장.

서산에 걸린 해는 자취를 완전히 감추기 일보 직전이었다.

처처척—!

허운을 시작으로 사냥과 약초를 캐러 갔던 흑풍대원들이 허겁지겁 토담을 넘었다.

"하, 하, 하아……!"

허운과 흑풍대원들이 머리를 땅바닥에 처박고 거친 숨을 마구 쏟아냈다.

그런 그들을 바라보며 도삼이 기분 좋게 웃으며 입을 열었다.

"흑풍에게 불가능이란 없다."

도삼이 사뭇 위엄 서린 음성으로 말을 했다.

그런 그가 흑풍대원들을 느릿하게 쓸어보다가 한마디를 툭 내뱉었다.

"왜?"

"우린 흑풍살혼이기 때문입니다!"

도삼의 물음에 흑풍대원들이 한 몸이 되어 우렁차게 대답했다.

* * *

천외천의 전대 천령들과 사투를 펼친 윤과 원치경은 간단한 운기조식으로 내상을 다스린 뒤 곧바로 유운객잔을 향해 길을 나섰다.

육천을 상대한 원치경과 달리 삼천을 상대한 윤의 내상은 생각보다 깊었다.

원치경이 그 사실을 모를 리 없었기에 윤에게 좀 더 휴식을 권유했지만, 윤은 끝내 자신의 고집을 꺾지 않았다.

그렇게 힘겨운 발걸음 끝에 그들은 유운객잔에 도착할 수 있었다.

"어서 오십시오, 손님."

으레 그렇듯 입구에서 노송이 반갑게 윤과 원치경을 맞이했다.

그사이 키가 부쩍 큰 노송이었다.

"어, 어, 어라!"

순간 노송의 두 눈이 화등잔만 하게 커졌다.

"소, 손님께서는?"

노송이 윤을 알아보곤 말을 더듬었다.

"많이 컸구나. 그동안 잘 지냈어?"

"이게 얼마 만이에요? 와! 정말 반갑네요."

노송이 윤을 바라보며 온갖 호들갑을 다 떨었다.

"어찌 그동안 한 번도 안 찾아오셨습니까? 얼마나 보고 싶었는데. 어라? 근데 그 욕쟁이 무사님은 같이 안 오셨어요?"

노송이 윤의 뒤를 힐끔거리며 물었다.

그가 말한 욕쟁이 무사는 당연히 가오성을 말함이었다.

"일이 있어서. 다음에 한번 들를 거야."

"아하! 그러시구나. 그럼 밥은 덜 축나겠네요. 하하!"

노송이 농을 한번 던지곤 멋쩍은 웃음을 지었다.

"후후……."

윤의 입가에도 기분 좋은 미소가 걸렸다.

"그나저나 이리 오셔요. 제가 바로 객잔주님께 안내해 드리겠습니다."

윤이 음식을 먹으러 온 것이 아니라는 것쯤은 노송도 알고 있었다.

그래서 그가 재빨리 윤과 원치경을 데리고 일층 주루를 빠르게 빠져나갔다.

"영주!"

건유운이 아무런 기별도 없이 찾아온 윤을 보자마자 자리에서 벌떡 일어났다.

그리고 윤을 따라 들어서는 원치경을 바라보곤 짐짓 놀란 표정을 지었다.

"어찌 두 분이 함께?"

"어찌하다 보니 그렇게 되었습니다. 그런데 이분은?"

윤이 건유운과 함께 대화를 나누고 있던 곽한을 바라보며 물었다.

순간 곽한이 윤을 향해 깊은 예를 취했다.

"부, 부영주 곽한이 영주를 뵙습니다."

장성한 윤의 모습에 곽한이 떨리는 음성으로 말을 했다.

'아······.'

순간 윤의 입이 절로 벌어졌다.

"부영주께서는 그만 예를 거두십시오."

윤이 곽한의 허리를 일으키며 입을 열었다.

"영주, 소, 속하의 불충을 용서해 주십시오."

곽한의 눈가가 부지불식간 붉게 물들었다.

"용서라니요. 당치 않습니다. 부족한 저 때문에 그간 얼마나 고생이 많으셨습니까. 그저 죄송할 뿐입니다."

"영주, 그 무슨 말씀이십니까. 거두어주십시오."

스스로를 꾸짖는 윤과 곽한.

그들의 인사가 어느 정도 마무리가 될 즈음, 그제야 원치경이 나섰다.

"은영삼주 원치경이 부영주를 뵙습니다."

"제남의 그대가 은영삼주였다니······. 후후후. 이거 정말 의외로군."

곽한은 천외천 밀영대주 시절 이미 원치경이란 인물에 대해 알고 있었다.

　물론 그 당시 원치경의 신분은 삼합회 제남지부장이었던 것이다.

　"나름 생각한 바가 있어 잠시 신분을 속였습니다."

　원치경이 공손한 음성으로 곽한의 말을 받았다.

　"은영사주에게 이미 그대의 이야기는 전해 들었네. 천하팔검의 일인인 살혼검의 신분으로 살았다고?"

　"그렇습니다."

　"어쨌든 반갑네. 드디어 은영삼주의 모습을 이렇게 보게 되는군."

　곽한의 입가에 엷은 미소가 걸렸다.

　마침내 천문의 대표라 할 수 있는 네 명의 은영칠주가 모여 둥그런 탁자를 사이에 두고 자리를 했다.

　"백도련과 삼합회의 충돌은 이미 예견된 일입니다. 천외천이 백도련과 삼합회의 충돌로 얻을 수 있는 것은 그들이 포섭하지 못한 반대파의 숙청입니다."

　"반대파의 숙청이라면?"

　곽한의 말에 윤이 물었다.

　"백도련은 이미 염화탁 중심의 체제로 들어섰습니다. 하나 여전히 그에 대한 반감을 품은 문파들이 많습니다. 천외천은 이번 기회에 그 문파들을 제거함으로써 철혈무가를 천외천의 전진기지로 삼을 심산인 것입니다. 더불어 삼합회주 낭왕 나도진을 반대하는 삼합회의 인물들 또한 이번 제거 대상에 포함시켜 철혈무가와 삼합회 모두 천외천의 수족으로 만들 계획인 것입니다."

"그래서 삼합회주가 직접 나선 것이란 말이군요?"

"그렇습니다."

윤의 물음에 곽한이 정중하게 대답했다.

그때 원치경이 끼어들었다.

"이대로 구경만 할 수는 없질 않겠습니까? 그렇다고 천문이 직접 개입을 할 수도 없는 노릇일 테고……."

"천문이 개입을 하지 않고서는 이번 일을 해결 수 없을 것입니다."

건유운이 담담한 음성으로 말을 했다.

"천문이 개입을 한다면 다수의 은영을 투입시켜야 할 터인데, 뒷일을 감당할 수 있겠습니까?"

윤이 궁금한 듯 물었다.

"물론 그럴 수는 없겠지요. 천문의 힘을 분산시킨다는 것은 자살 행위나 진배없습니다. 사실 천외천을 상대하는 것만으로도 벅찬 일이지요."

건유운이 누구나 알 수 있는 사실을 다시 한 번 강조했다.

"그럼 어찌한단 말인가?"

그에 답답했는지 원치경이 재차 물었다.

"천문이 개입을 하되 다른 이의 손을 빌려야 합니다."

"다른 이의 손이라?"

원치경이 홀로 중얼거렸다.

"과연 작금 강호에 백도련과 삼합회의 싸움에 끼어들 조직이 있겠습니까?"

윤이 호기심을 드러내며 물었다.

"없다면 만들어야겠지요."

"생각해 둔 조직이라도 있습니까?"

윤이 묻자 건유운의 시선이 자연스럽게 원치경에게로 향했다.

"왜 날 보는가?"

"이번 일은 은영삼주께서 직접 나서주셔야겠습니다."

"결국 그 다른 조직이라는 것이 흑풍대를 말함이었군."

원치경이 피식 웃곤 물었다.

"흑풍대뿐만이 아니라 정검문의 이시백 선배의 힘도 끌어들여야 합니다."

"굳이 정검문까지 끌어들일 필요가 있겠나?"

원치경이 내키지 않는 표정으로 물었다.

"굳이 그럴 필요는 없겠지. 하지만 철혈무가와 백도련을 지키기 위해서는 반드시 정검문이 나서야 하네."

대답은 곽한의 입에서 나왔다.

"으음……"

순간 원치경의 입에서 가벼운 한숨이 새어 나왔다.

그런 그가 곧바로 입을 열었다.

"결국 천문과 천외천의 존재를 형님께 알려야 한다는 것입니까?"

"현재로서는 그 방법밖에는 없는 듯하네."

"과연 잘하는 일일지 모르겠군요."

원치경이 회의적인 표정으로 입을 열었다.

"이시백 선배라면 충분히 비밀을 지켜주실 걸세. 난 그렇게 믿네."

곽한이 확신에 찬 음성으로 말을 했다.

그때 윤이 예상치 못한 한마디를 툭 내던졌다.

"그렇다면 삼합회주 낭왕 나도진을 제거하면 일이 수월해 질 수도 있는 거군요."

"그야 그렇지만 그의 곁엔 항상 군사 윤철진과 삼합회의 정예인 화룡각의 무인들이 따르고 있습니다. 위험한 일입니다."

행여 윤이 나설봐 걱정이었는지 곽한이 곧바로 입을 열었다.

"상대에게 결정타를 날리는 일은 항상 커다란 위험이 따르는 법이지요. 대신 성공했을 때 돌아오는 이득 또한 큰 법이구요."

"영주……."

건유운 또한 곽한과 같은 마음이었는지 진한 걱정이 묻어나는 표정을 지었다.

하지만 그런 그들과 달리 원치경의 표정은 의외로 밝았다.

"위험은 크지만 꽤나 그럴싸한 방법입니다 삼합회주인 칠천을 제거만 할 수 있다면 엄청난 성과라 할 수 있을 것입니다."

"은영삼주, 위험한 일이네."

"방금 전 영주께서도 말씀을 하셨지만, 충분히 고려해 볼 문제라 생각됩니다. 그리고 화룡각의 무인들은 흑풍대의 흑풍살혼이 충분히 감당할 수 있을 것입니다."

원치경의 눈빛에는 확신이 깃들어 있었다.

"은영삼주와 제가 가겠습니다."

그때 윤이 나직한 음성으로 입을 열었다.

"영주, 다시 한 번 생각해 주십시오. 정히 나도진을 제거하고 싶다면 제가 가겠습니다."

곽한이 극구 윤을 만류했다.

하지만 윤의 마음은 이미 단단히 굳은 상태였다.

"걱정 마십시오. 은영삼주의 흑풍대와 함께라면 충분할 것입니다."

윤이 피식 미소를 지으며 말을 했다.

"부영주, 영주를 믿으셔도 될 것입니다."

원치경의 입가에도 윤과 비슷한 미소가 걸렸다.

"……"

이야기는 좀처럼 끊어지지 않았다.

산재된 모든 사안을 다 해결할 수는 없었지만, 그들은 조금이라도 더 좋은 방안을 찾기 위해 수많은 의견을 주고받았다.

그렇게 회의는 계속 이어졌다.

그리고 어느 정도 이야기를 마무리 지은 윤은 곧바로 유운객잔의 내당으로 향했다.
 그곳에 바로 무유화가 머물고 있었기 때문이다.

 　　　　　　＊　　　＊　　　＊

 "이랴!"
 도삼이 말 등에 거칠게 채찍질을 가했다.
 그러자 종마라 불려도 하등 손색이 없는 말이 콧김을 씩씩 불어대며 바람처럼 내달렸다.
 도삼은 비 오듯 흐르는 땀을 닦을 겨를도 없었다.
 원치경의 전갈을 받자마자 길을 나선 지 열흘 동안 제대로 된 잠도 잘 수 없었으며 음식도 먹을 수 없었다.
 오직 약속된 시간 안에 약속 장소로 말을 몰 뿐이었다.
 그렇게 보름이 지난 어느 날, 도삼은 원치경과 만날 수 있었다.
 그런 그의 몰골은 이미 거지와 하등 다를 것이 없었다.
 "직업을 바꾼 게냐? 빈 그릇만 들고 있으면 영락없는 개방의 일원이구나."
 원치경이 도삼을 보자마자 시큰둥한 표정으로 물었다.
 "뭐, 뭐요? 지금 그걸 말이라고 하는 거요? 내 누구 때문에 이 꼬라진데!"
 도삼이 쌍심지를 치켜뜨곤 원치경을 향해 버럭 고함을 질러 댔다.

"귀청 떨어지겠구나. 알았으니 그만 앉아라."

원치경의 말에 도삼이 씩씩거리며 자리를 했다.

"그런데 저치는 여기에 왜 있는 거요?"

도삼이 윤을 힐끔거리곤 물었다.

"저치라니? 내가 주군으로 모시는 분이니 예의를 갖추거라."

"주, 주군요? 형님, 지금 미친 게요?"

도삼이 어이가 없다는 표정으로 두 눈을 치켜떴다.

"미치긴. 아주 멀쩡하다."

"근데 뭔 헛소리를 해도 그런 해괴망측한 헛소리를 하는 게요? 저치에게 뭐 약점이라도 잡힌 것 있소? 있으면 말만 하오. 내 지금 당장 해결해 줄 터이니."

"휴우……."

순간 원치경의 입에서 가느다란 한숨이 새어 나왔다.

도삼의 행동이 잘못된 것이 아니라 자신의 행동이 지나쳤음을 문득 깨달았기 때문이다.

"뭐, 그 일은 차차 설명하도록 하마. 그건 그렇고, 대원들에게 내 뜻은 전했더냐?"

"전했으니 그토록 잘생겼던 제 몰골이 이렇게 거지꼴이 된 거 아니우?"

"안타까운 일이구나. 어쨌든 언제쯤이면 이곳에 당도할 수 있겠느냐?"

원치경이 이내 진지한 표정으로 물었다.

"근데 왜 흑풍대원들을 몽땅 끌고 오라고 한 겁니까? 근거지라도 바꿀 참입니까? 물론 난 좋지만 얘들은 영 싫어하던데요."

"그건 나중에 설명할 테니 묻는 말에 대답만 하거라."

원치경이 다시금 재촉했다.

"그 인원이 좀 많습니까? 몽땅 도착하려면 적어도 보름은 더 걸릴 겁니다."

도삼이 팔짱을 떡하니 끼곤 대답했다.

"그럼 첫 번째로 도착하는 대원은 얼마쯤이면 만날 수 있는 것이냐?"

"그건 수삼 일이면 되겠지요."

"반 이상이 도착하려면?"

"그 또한… 한 수삼 일이면 될 거요."

도삼이 두 눈을 데굴데굴 굴리며 날짜를 계산했다.

그리고 원치경이 그의 대답을 듣곤 이내 윤을 바라보며 물었다.

"어찌하시겠습니까?"

윤을 대하는 원치경의 정중한 태도에 도삼이 그 둘을 번갈아가며 쳐다봤다.

원치경의 언행이 너무도 낯설었던 까닭이다.

하지만 뭔가 이유가 있겠지 하며 도삼이 두 사람의 대화에 귀를 쫑긋 기울였다.

"위험한 싸움입니다. 되도록 흑풍대원들에게 피해가 안 가

중원으로 향하는 흑풍대 63

는 범위에서 그를 제거해야 않겠습니까? 흑풍대원이 도착하면 정예만 추려주십시오."

"그들만으로는 화룡각을 상대할 수 없을 것입니다."

'화, 화룡각? 지금 뭔 소리를 하는 거야, 저 인간이?'

도삼이 어리둥절한 표정으로 내심 중얼거렸다.

"동행한 은영들이 있기에 그것으로도 족할 것입니다."

"으음……."

원치경이 가벼운 한숨을 내쉬곤 이내 고개를 끄덕였다.

그때 도삼이 도저히 궁금증을 참지 못하고 끼어들었다.

"화룡각이라니요? 대체 그게 뭡니까? 설마 삼합회의 화룡각을 뜻하는 것은 아니겠지요? 그치요?"

도삼이 두 눈을 가자미눈처럼 길게 찢곤 원치경에게 물었다.

"맞다. 화룡각이 주루의 이름이겠느냐?"

"뭐, 뭐, 뭐요? 그럼 지금 화룡각과 싸우려고 흑풍대원들을 불러들였단 말이오?"

깜짝 놀란 도삼이 펄쩍 뛰었다.

삼합회의 일원으로 활동하던 도삼이 화룡각의 무서움을 모를 리 없었기 때문이다.

"그건 절대 아니 될 소립니다!"

도삼이 단단히 화난 표정으로 선을 딱 그었다.

그 모습에 원치경의 마음이 편할 리 없었다.

도삼이 왜 저리 펄쩍 뛰는지 그 이유를 너무도 잘 알고 있었기 때문이다.

　도삼의 입장에서는 피만 섞이지 않았다 뿐이지 형제와 다름없는 수하들을 사지로 내몰 수는 없었던 것이다.

　"마지막으로 나 원치경의 부탁을 따라주면 안 되겠느냐? 아무런 이유도 묻지 말고."

　원치경의 음성에는 미안함이 진하게 배어 있었다.

　원치경 또한 마음이 편할 리 없었기 때문이다.

　'혀, 형님······.'

　도삼이 얼굴을 붉히며 내심 말을 더듬었다.

　원치경과 함께한 수십 년간 그가 이토록 침통한 표정으로 부탁을 하는 건 처음이었기 때문이다.

　"싸, 쌍!"

　순간 도삼이 쌍소리를 내뱉으며 원치경의 시선을 외면해 버렸다.

　"무슨 일인지 모르겠지만, 차라리 호통을 치며 명령을 내리시오. 부탁이라니, 살혼검이란 명성이 부끄럽지도 않소? 그럼 그 새끼들 몽땅 죽여버리면 되는 거요?"

　도삼이 이내 호기롭게 소리쳤다.

　그 모습에 원치경이 마음은 더욱 무거워질 수밖에 없었다.

　　　　　＊　　　　＊　　　　＊

　아담한 장원이다.

그리고 그 주위로는 수백의 나이는 됨직한 소나무들이 빼곡하게 늘어서 있었다.

절로 푸근함이 느껴지는 광경.

하지만 그 모습을 숭검문주 한재광이 어두운 표정으로 바라보고 있었다.

'이렇게 끝나는 것이란 말인가?'

한재광이 침통한 심정으로 내심 중얼거렸다.

자신의 목숨을 내놓아 숭검문을 지킬 수 있다면 한재광은 지금 당장에라도 자신의 목을 내놓을 자신이 있었다.

하지만 자신의 목숨만으로는 숭검문을 지킬 수 없다는 것을 그는 너무나도 잘 알고 있었다.

삼합회주 낭왕 나도진이 바라는 것은 숭검문의 멸문이었기 때문이다.

"무, 문주님······."

숭검문의 제자 한 명이 한재광에게로 다급히 달려와 입을 열었다.

그런 그의 표정 또한 침통하긴 마찬가지였다.

"아직 기별이 없더냐?"

한재광이 물었다.

기별이라 함은 이레 전에 백도련주에게 띄운 연통에 대한 답변을 말함이었다.

숭검문 자체적인 힘만으로는 낭왕 나도진을 막을 길이 없어 지원을 요청했는데, 아직까지 백도련에서는 그 어떤 기별도 당도하지 않았던 것이다.

"그, 그렇습니다."

마치 자신이 커다란 죄를 지었다는 듯 대답하는 제자가 그만 고개를 푹 떨어뜨렸다.

"걱정하지 말거라. 숭검문은 쓰러지지 않을 것이니 말이다."

한재광이 제자의 등을 두드려 주며 기운을 북돋아주었다.

하지만 이미 기운 싸움이라는 것은 한재광도 숭검문의 제자들도 모두 아는 사실이었다.

第三章 무너지는 삼합회

수호무사

'뭐, 뭐지?'

외곽 경계를 서던 숭검문 무인의 곁으로 희끗한 그 무엇이 쾌속하게 스쳐 지났다.

그에 그가 의아한 눈길로 그 물체를 확인하던 찰나,

파아아—!

자신의 목젖에서 끔찍하게 솟구치는 피분수를 보는 그의 두 눈에 경악이 어렸다.

하지만 그것도 잠시, 그의 신형이 이내 힘없이 땅 위로 쓰러졌다.

"저, 적……."

그때 같이 경계를 서던 한 무인이 쓰러지는 동료를 보고 기겁하여 소리를 지르려고 하는 순간, 그의 목이 기이한 각도로 꺾여 버렸다.

뚜두둑!

무인의 목뼈가 어긋나며 신경을 파고드는 섬뜩한 소음이 지척에 울려 퍼졌다.

그리고 그 흔한 단말마도 내지르지 못한 무인이 놀란 두 눈을 채 감지도 못하고 먼저 간 동료처럼 힘없이 땅 위로 쓰러졌다.

"……."

숭검문에서 근 이 리여 떨어진 곳곳에서 은밀한 싸움이 시작되고 있었다.

아무런 기척도 없이 스며든 삼합회 화룡각의 무인들에 의해 외곽 경계의 번을 서고 있던 숭검문 무인들이 비명 하나 제대로 내지르지도 못한 채 속절없이 쓰러지고 있었다.

그렇게 대략 일다경이 지나자 더 이상 두 발을 딛고 땅 위에 서 있는 숭검문의 무인은 존재하지 않았다.

그 넓게 포진되어 있던 그들이었지만, 그들이 소리없이 고혼의 넋으로 변하고 말았던 것이다.

사사삭—

숭검문을 둘러싸고 있는 높다란 담벼락 곳곳에 작은 소란이 일었다.

물론 그 소란은 삼합회주의 명령을 받은 화룡각의 무인들이 일으킨 파문이었다.

그리고 그 작은 소란이 일기가 무섭게 우렁찬 일갈이 허공을 갈랐다.

"침입자다! 숭검문의 제자들은 침입자를 막아라!"

외곽 경계를 총지휘하던 숭검문의 무인 수정상의 외침에 수십 명의 숭검문 제자가 일사불란하게 병장기를 뽑아 들며 낯선 이방인들을 향해 달려들었다.

그리고 몇 호흡의 시간적 격차를 두고 또 다른 일단의 무인들이 외침이 터진 장소로 부산함을 떨며 모여들었다.

"놈의 수족들인가?"

간편한 무복 차림의 침입자들을 바라보는 수정상의 눈매가 매섭게 빛이 났다.

물론 그가 말한 놈이라 함은 삼합회주 낭왕 나도진을 말함이었다.

"어림없는 수작 말아라! 네놈들의 암습에 당할 숭검문이 아니다!"

그 수는 고작 여섯이었지만 수정상은 침입자들을 향한 경계를 늦추지 않았다.

그들이 뿜어내는 기세가 사뭇 날카롭기도 했거니와 이들의 정체가 삼합회의 화룡각이라는 것이 그의 마음을 무겁게 짓눌렀던 까닭이다.

그때였다.

"그대가 외곽의 경계를 책임지는 우두머리인가?"

서늘한 그 무엇이 수정상의 뒤 목선을 따갑게 찌르며 간질였다.

그리고 살기를 머금은 음울한 음성이 그의 등 뒤에서 흘러들었다.

그 어떤 기척도 느끼질 못했건만…….

"……."

한겨울 얼음물에 맨살이 닿은 듯 수정상의 온몸이 바들바들 떨렸다.

그와 함께 머리칼이 쭈뼛 서는 공포가 밀려왔다.

그리고 그 공포가 삽시간에 수정상의 전신을 철저하게 옭아매었다.

그렇기에 당연히 입을 열 엄두도 나질 않았다.

그래서 고개만을 끄덕였지만, 그것이 그만 수정상의 마지막 몸부림이 되어버렸다.

"꺼어억……."

매끈한 검날이 수정상의 목을 가차없이 파고들어 앞으로 쭉 삐져나왔다.

그리고 그 검이 그의 목을 떠나는 순간 시커먼 핏물이 처참한 모습으로 꾸역꾸역 땅바닥을 적셨다.

"……."

펄떡이며 식어가는 수정상의 육신을 바라보던 삼합회 화룡각주 용두태가 방금 전 그가 내뱉은 음성을 문득 생각하며 싸늘하게 웃음을 지었다.

"암습이라? 후후······."

야밤에 숭검문을 공격했으니 맞는 말이다.

그러나 대낮에 숭검문을 공격했더라도 결과는 똑같았을 것이다.

굳이 삼합회가 야밤에 숭검문을 공격한 것은 그저 사람들의 시선 때문이었을 뿐이다.

"삼합회의 암습이 얼마나 무서운 것인지 지금부터 똑똑히 보게 될 것이다."

용두태가 으레 싸늘한 미소를 지으며 중얼거렸다.

그리고 그 미소가 거짓말처럼 싹 사라지는 순간, 갑자기 그의 기세가 거칠게 돌변하기 시작했다.

푸스스스—

삼합회 서열 삼위의 용두태.

그의 전신에서 기이한 흑무(黑霧)가 피어났다.

그렇게 흑무의 기운이 이 밤의 어둠과 동화되었을 때 용두태가 마침내 움직이기 시작했다.

*   *   *

아수라장으로 변해 버린 숭검문.

숭검문 장원의 내, 외곽에서 섬뜩한 비명이 끔찍하게 터져 나왔다.

삼합회 화룡각이 본격적인 임무를 수행한 지 정확히 이각이라는 시간이 지난 후였다.

 매서운 파공음을 동반한 용두태의 검 끝에 또 한 명의 숭검문의 제자가 속절없이 무너져 내렸다.

 죽여도 죽여도 끝없이 몰려드는 숭검문의 제자들.

 그들의 얼굴에는 이미 죽음을 각오한 듯 비장한 각오서 서려 있었다.

 까앙!

 곳곳에서 금속성이 울릴 때마다 역겨운 피비린내가 코끝을 간질였다.

 쓰러지고 쓰러뜨리고, 하지만 아직도 싸움의 끝은 요원하기만 했다.

 숭검문 내부에는 이미 그 시체가 산을 이루었고, 핏물이 발목까지 차올라 소름이 돋는 감촉을 전해줬다.

 쐐애애액―!

 찌이익―!

 옆구리로 느껴지는 차디찬 금속의 기운에 용두태가 슬쩍 몸을 비틀어 그 위기를 모면했다.

 그러나 완벽히 피하지는 못해 그의 옷자락이 상대의 검초에 길게 찢어지고 말았다.

 아무리 그가 절정의 실력을 가진 고수라 하나, 목숨을 내걸고 끝없이 몰려드는 숭검문의 제자들과 상대를 하다 보니 그도 서서히 지쳐 갔다.

 그래서인지 그의 검이 어느 순간 무뎌졌다.

일검에 절명하던 숭검문의 제자들이 이제는 이 합을 뛰어넘어 삼 합, 사 합까지 그와 접전을 펼치고 있었다.

당연히 공방의 수가 늘어날수록 그에게서도 빈틈이 생겼고, 그 빈틈을 파고드는 병장기의 수가 늘어날 수밖에 없었다.

하지만 용두태의 얼굴에는 비릿한 미소만이 감돌 뿐이었다.

숭검문이 아무리 호북성에서 커다란 위세를 떨친다 하나 냉정히 말해 삼합회 화룡각의 적수는 되질 않았다.

물론 화룡각에 비해 수적 우위는 컸지만, 그것만으로는 이 싸움의 승부를 뒤집기에는 역부족이었다.

때문에 얼마 지나지 않아 화룡각에 의해 숭검문은 곧 멸문을 당할 것이 분명했다.

하지만 아무리 그렇다하나 숭검문을 멸문시키기 위해서는 화룡각 또한 많은 피해를 감수해야만 했다.

"감히!"

용두태가 짐짓 노한 표정으로 일갈을 터뜨렸다.

한낱 숭검문의 제자에게 옷자락이 찢기다니. 그만 용두태의 자존심에 커다란 상처가 나버린 까닭이다.

그러나 용두태가 터뜨린 일갈에 그를 협공하던 숭검문의 제자들의 놀람은 그의 상처 입은 자존심에 비할 바가 아니었다.

이토록 패도적인 기세를 뿜어내는 고수가 삼합회에 존재했다니.

그의 비정한 검에 그 목숨을 달리한 동료들이 대체 얼마이던가.

"감히 나 화룡각주 용두태의 옷자락을 찢었단 말인가!"

순간 용두태의 눈매가 냉혹한 빛을 발했다.

그러자 그의 기세가 갑자기 돌변하기 시작했다.

분명 방금 전까지만 해도 지친 기색으로 피곤해 보이던 그였지만 순식간에 그 기색이 온데간데없이 사라지고 말았던 것이다.

촤라랑!

기이한 변화에 빛 같은 빠르기로 자신을 에워싼 무인들을 위협하는 용두태.

의당 사람은 지치게 마련이지만 이건 해도 해도 너무했다.

지치기는커녕 오히려 더욱 맹렬한 기세를 불태우는 용두태였던 것이다.

*   *   *

병장기 소리가 귓가에 가까워질수록 윤의 마음은 점점 조급해졌다.

그래도 다행인 점은 싸움이 아직 진행 중이라는 것이었다.

"확실한 정보일까요?"

윤이 전방으로 내달리며 원치경에게 물었다.

"분명한 정보입니다. 나도진은 분명 화룡각과 함께 있을 것입니다."

원치경이 속도를 더욱 내며 대답했다.

"형님, 정말 삼합회주와 싸울 거유?"

원치경의 뒤를 쫓던 도삼이 설마 하는 감정으로 물었다.

"뭐, 형님이 질 것이라는 생각은 안 하지만, 그래도 팔다리 하나쯤은 잘릴 텐데요."

"걱정 말아라. 그런 일은 없을 테니."

원치경이 딱 잘라 말을 했다.

"내가 어떻게 걱정을 안 할 수 있단 말이오! 삼합회주 나도진이 어떤 인물인지는 형님께서 더 잘 아실 거 아니우?"

도삼이 욱해 소리쳤다.

그런 그를 향해 원치경이 슬쩍 미소를 보이고는 대답했다.

"삼합회주가 내 몫이면 좋겠지만, 아쉽게도 내 몫은 따로 있구나."

"에? 그게 뭔 말이우? 서, 설마 나보고 삼합회주를 상대하란 말이오? 나, 난 못하오! 아직 살날이 창창한데 내 미쳤다고 삼합회주와 싸운단 말이오!"

도삼이 깜짝 놀란 표정으로 입을 열었다.

"너 지금 뭔 소릴 하는 게냐? 삼합회주를 상대하실 분은 바로 내 옆에 계시질 않냐?"

"엥?"

순간 도삼의 얼굴이 보기 좋게 일그러졌다.

원치경이 말한 사람이 다름 아닌 윤이었기 때문이다.

"지, 지금 장난하우? 저 애송이가 뭔 실력이 있다고!"

"어허! 예의를 지키라 했거늘."

원치경이 짐짓 화난 표정으로 도삼을 나무랐다.

하지만 윤의 표정에는 미소만 감돌 뿐이었다.

"도삼 대협의 말씀이 틀린 것도 아니지 않습니까. 너무 신경 쓰지 마십시오."

'대, 대협?'

윤의 대협이라는 말에 순간 도삼의 얼굴이 밝아졌다.

"흠흠, 소, 소협, 아까 애송이라는 말은 실수이니 너그러이 용서해 주시구랴."

"개의치 마십시오. 전 괜찮습니다, 대협."

"거참, 나이답지 않게 마음도 넓으시구려. 크하하하!"

도삼이 고개까지 젖혀가며 호탕하게 웃음을 터뜨렸다.

하지만 그의 신형은 여전히 전방을 향해 쏜살처럼 내달리고 있었다.

"네놈들은 누구냐?"

삼합회의 한 무인이 숭검문의 담벼락을 거침없이 넘어선 원치경을 바라보며 고개를 갸웃거리며 물었다.

"저 말이오? 살혼검이요."

"후훗! 살혼검? 미친놈, 이 야밤에 어인 헛소리를 지껄이는 것이냐!"

무인이 코웃음을 쳤다.

보아하니 숭검문을 돕기 위해 백도련에서 파견된 무인 같은데, 다짜고짜 나타나 자신이 천하팔검의 일인인 살혼검이라니.

무인의 두 눈에 비친 원치경은 당연히 미친놈과 다를 바 없었다.

"나의 정체를 알려줬으니 그럼 조심하시길 바라오."

원치경은 농을 주고받을 여유가 없었다.

더 이상 시간을 지체하다가는 숭검문이 멸문을 면치 못할 것 같았기 때문이다.

쐐애액—

말을 마친 원치경이 검붉은 검을 뽑아 들어 코웃음을 치는 무인에게로 달려들었다.

그 모습에 삼합회 무인의 입가에 잔인한 미소가 감돌았다.

그런데,

"허헛!"

원치경의 검을 막으려던 무인의 입에서 절로 헛바람이 새어 나왔다.

분명 눈앞에 있던 원치경의 검이 거짓말처럼 감쪽같이 사라졌기 때문이다.

그 순간,

"커어억—!"

무인이 고통스런 신음성을 흘리며 놀란 두 눈을 부릅떴다.

그런 그의 가슴에서 붉은 핏물이 주르륵 흘러내렸다.

"어, 어떻게……."

무인이 도저히 믿을 수 없다는 표정으로 섬뜩하게 갈라진 자신의 가슴을 내려다봤다.
 하지만 그것도 잠시, 이내 그의 신형이 썩은 고목처럼 바닥에 쿵 쓰러졌다.

 혼란과 난전 속을 뚫고 윤과 원치경, 그리고 도삼이 바람처럼 숭검문의 내전을 휩쓸었다.
 그런 그의 뒤로는 흑풍대의 정예들이 무시무시한 기세를 뿜어내고 있었다.
 푸우욱—!
 윤이 시뻘겋게 물든 용혈검을 한 점 망설임도 없이 뻗어내 화룡각 소속 무인의 복부를 그대로 관통해 버렸다.
 "허어, 허억……."
 믿을 수 없는 쾌검.
 복부를 관통한 싸늘한 용혈검의 감촉에 무인의 고개가 느릿하게 아래로 떨어졌다.
 "죽여라!"
 그 순간 그와 근접해 있던 다른 삼합회의 무인이 동료의 죽음에 눈이 뒤집혀 윤을 향해 득달같이 달려들었다.
 그러나 윤의 반응은 귀신조차 혀를 내두를 정도로 빨랐다.
 서격—!
 "꾸르륵……."
 기도가 갈렸는지 사람의 음성이라고는 전혀 믿겨지지 않을 기이한 소리가 한 사발의 핏물과 함께 쏟아져 내렸다.

그대로 절명이었다.

그 움직임은 평범했지만, 그 속도는 이루 말로 표현할 수 없을 만큼 빨랐다.

아니, 섬광을 방불케 할 속도였다.

너무도 깨끗한 솜씨.

불필요한 가식이 철저히 배제된 실전만을 위한 절제된 동작이었다.

*   *   *

이후 사투가 치열해질수록 더욱더 냉정해지는 윤이었다.

그러던 어느 순간,

윤의 전면으로 무시할 수 없는 엄청난 기운을 뿜어내는 사내들이 그 모습을 드러냈다.

"저자가 바로 삼합회주 나도진입니다. 그의 좌우 인물들은 삼합회의 군사 윤철진과 화룡각주 용두태란 자입니다."

마침내 삼합회주 나도진과 조우한 윤의 눈빛이 순간 번뜩 빛났다.

그토록 치열하던 전투가 어느 정도 마무리가 되어가는 시점에서 벌어진 일이었다.

"자네들이 여긴 어쩐 일인가?"

나도진이 원치경과 도삼을 싸늘히 노려보며 입을 열었다.

나도진이 삼합회의 제남지부장과 부지부장을 몰라볼 리 없었던 까닭이다.

"오랜만에 뵙습니다, 삼합회주."

"놈! 네놈들이 감히 삼합회를 배신한 것이더냐?"

화룡각주 용두태가 원치경을 향해 진득한 살기를 피워내며 으르렁거렸다.

"배신이 아니라 애초부터 삼합회에 적을 둔 적이 없습니다. 그저 돈을 좀 벌고자 잠시 몸을 의탁했을 뿐이지요. 후후후……."

원치경이 느긋한 음성으로 말을 했다.

그에 용두태의 얼굴이 부지불식간 시뻘겋게 물들었다.

"배신은, 썅! 누가 먼저 배신을 했는데 배신을 운운하고 지랄이야?"

"뭐, 뭐라? 네놈이 죽으려고 환장을 한 것이로구나!"

도삼이 대뜸 끼어들자 용두태가 그만 이성을 잃고 도삼을 향해 달려들려 했다.

하지만 그때 나도진이 우수를 들자 용두태가 거짓말처럼 얌전해졌다.

"뭘 꼬나봐! 썅! 눈알을 확 뽑아버릴라!"

도삼이 여전히 자신을 죽일 듯 노려보는 용두태를 향해 거친 음성을 쏟아냈다.

"사연이 있나보군. 믿는 구석도 있을 테고……. 정체가 무엇인가, 제남지부장?"

나도진의 전신에서 무시할 수 없는 위엄이 넘실거렸다.

그 기세 또한 엄청나 절로 두 어깨가 위축될 정도였다.

하지만 원치경의 표정은 여유롭기 그지없었다.

그런 그가 슬쩍 미소를 짓곤 입을 열었다.

"그대에게 삼합회주란 호칭이 어색하듯 나 또한 제남지부장이란 호칭은 별로 듣고 싶지 않은 것이오. 이런 호칭이 오히려 우리에게 어울리지 않겠소? 칠천."

"으음……."

칠천이라는 원치경의 말에 나도진의 입에서 순간 가느다란 신음성이 새어 나왔다.

"그랬군. 그랬던 것이로군."

나도진이 고개를 끄덕이며 홀로 중얼거렸다.

그때 용두태가 참지 못하고 벌게진 얼굴로 입을 열었다.

"회주, 이 속하 지금 당장 저놈들의 목을 베어 회주께 바치겠습니다. 허락하여 주십시오."

"화룡각주, 저들은 그대 홀로 감당할 수 있는 자들이 아니오."

"회, 회주……."

나도진의 말에 용두태가 불신의 눈빛으로 그의 얼굴을 쳐다봤다.

하지만 나도진은 그런 그에게 그 어떤 시선도 주질 않았다.

그저 무서운 기세로 화룡각의 무인들을 압박하는 흑풍대원들을 싸늘히 쓸어볼 뿐이었다.

"저들은 누구인가?"

나도진이 나지막한 음성으로 물었다.

"제 동생들이오. 대막의 흑풍대를 이끌어가고 있는 흑풍살혼들이지요."

"으음. 그럼 그대가 바로 살혼검 원치경이란 말인가?"

"다들 그렇게 부르긴 하더이다."

"젊은이는 누구인가?"

지금껏 한마디도 꺼내질 않고 자신만을 뚫어지게 노려보는 윤을 향해 나도진이 물었다.

"그대를 저곳으로 보내기 위해 온 사람이오."

윤이 검지로 하늘을 가리키며 대답했다.

그에 나도진의 입가에 희미한 미소가 걸렸다.

"용혈검······. 그대가 바로 용사랑의 후인인가 보군. 후후후······."

그제야 핏물을 머금은 용혈검을 알아본 나도진이 중얼거렸다.

"우리 사이에 긴 말이 필요할까 싶소."

윤이 서로 간의 대화를 자르며 나도진을 향해 한 발짝 다가섰다.

저벅—

길게 늘어뜨린 윤의 용혈검 끝이 대지에 닿을 듯 말 듯 잔경련을 일으킴에 은은한 검명이 조심스럽게 사방을 점해갔다.

찌이이잉—

그리고 그 검명이 진해질수록 나도진의 기세 또한 점점 더 그 도를 더해 무섭게 타오르고 있었다.

                    *   *   *

 까앙—!
 커다란 소음과 함께 어둠 속에 불빛이 번쩍거렸다.
 나도진의 거도와 정면으로 부딪친 용혈검이 맹렬히 그 기세를 불태웠다.
 그 모습에 나도진의 눈가에 이채가 어렸다.
 의당 그 무게 차이 때문이라도 뒤로 밀려야 보통이거늘, 한 치도 밀리지 않는 용혈검의 의연한 모습에 나도진이 내심 감탄을 터뜨렸다.
 스가각—!
 나도진이 가진 바 내력을 더욱 끌어올려 용혈검을 밀어내자, 그제야 윤이 조금씩 밀리기 시작했다.
 하지만 밀리는 건 잠깐이었다.
 구오오오—!
 다시금 팽팽한 힘겨루기가 시작되자 나도진의 두 눈썹이 크게 꿈틀거렸다.
 '믿을 수 없는 힘이구나! 어찌 이 어린 나이에…….'
 나도진이 내심 중얼거린 후 먼저 도를 거두며 윤의 우측 가슴을 향해 좌장을 뻗어냈다.
 하지만 이미 그의 공격을 예상하고 있었는지 윤이 신형을 뒤로 살짝 비틀어 공격을 흘린 후 용혈검을 그대로 뻗어냈다.

쾌애애액—!

그 속도가 가히 이 세상에 다시없을 빠르기였다.

하지만 상대는 천외천의 칠천 나도진이었다.

깡!

나도진이 도신을 바로 세워 용혈검의 검 끝을 막고는 신형을 뒤로 훌쩍 물렸다.

"목숨을 재촉하는 망나니인 줄 알았더니 가히 나의 적수가 될 만하구나."

"후훗! 칭찬이라면 고맙게 받아들이겠소."

"……."

윤이 간단하게 답변하곤 다시금 용혈검을 나도진의 미간을 향해 겨냥했다.

"지금껏 숨겨왔던 힘을 오늘 칠천 그대를 상대로 펼쳐 볼 참이오. 궁금하지 않소, 어떤 힘이 펼쳐질지?"

구오오오오—!

순간 용혈검이 거칠게 몸서리를 치며 섬뜩한 기세를 뿜어냈다.

"기대하지."

나도진도 지지 않고 그의 거도를 들어 올려 엄청난 기운을 폭발시켰다.

쿠구구구—!

사방의 공기가 폭풍을 만난 듯 미친 듯이 몸부림을 쳤다.

하지만 두 사내는 자신의 힘만 과시할 뿐 그 어떤 행동도 취하질 않았다.

그러던 어느 순간,

누가 먼저랄 것도 없이 두 사내가 동시에 서로를 향해 짓쳐들었다.

쐐애애액―!

'감당할 수 없는 빠르기다!'

나도진이 용혈검의 잔상을 바라보며 낯빛을 딱딱하게 굳혔다.

객기를 부리는 젊은이라 치부했던 윤의 실력이 자신도 감당하지 못할 정도로 대단했던 까닭이다.

'피해야 한다!'

나도진은 본능적으로 위험을 느꼈다.

힘과 힘의 대결이라면 밀리지 않을 테지만, 그 속도에서 확연한 차이를 절감하고 있었기 때문이다.

만약 이대로 윤과 정면으로 부딪친다면 먼저 상처를 입는 자는 분명 나도진 자신이었다.

생각은 깊었지만 결정은 찰나였다.

휘리릭―!

순간 나도진이 신묘한 보법을 밟으며 용혈검의 검로를 이탈하려 안간힘을 썼다.

하지만 놀랍게도 그것마저 예상했는지 용혈검이 기이하게 꺾이며 나도진의 견정으로 짓쳐들었다.

스거걱—!
순간 생살이 베이는 섬뜩한 음향이 울려 퍼졌다.
'이, 이럴 수가!'
나도진의 견정에서 뜨거운 핏물이 주르륵 흘러내렸다.
시큰거리는 고통이 뇌리로 전해졌지만, 나도진은 고통을 느낄 수도 없었다.
그만큼 지금의 현실을 믿기 어려웠던 까닭이다.
나도진은 용혈검을 피하는 것은 일도 아니라 생각했다.
자존심이 상하는 것이 문제였지만, 무너진 자존심은 곧바로 이루어질 반격으로 만회할 수 있을 것이라 확신했다.
그런데 어느 정도의 속도 차이라 생각했던 생각은 엄청난 착각이었던 것이다.
이건 사람이 낼 수 있는 속도가 아니었다.
상상하지 못할 정도의 내력이 뒷받침되지 않고서는 불가능한 것이었다.
그렇다면 윤의 몸속에 엄청난 내력이 잠재되어 있다는 것인데.
그 사실을 나도진은 믿을 수가 없었던 것이다.
"서, 설마!"
순간 나도진의 뇌리로 언젠가 한 번 들은 적이 있는 전설과도 같은 이야기가 번뜩 스쳐 지나갔다.
그리고 그와 동시에 그의 입을 절로 딱 벌어졌다.

한편.

원치경과 맞서는 용두태는 벌써부터 등으로 식은땀이 주르륵 흘러내리고 있었다.

그리고 어찌 이런 고수가 삼합회의 제남지부장으로 썩을 수 있었을까 하는 용두태의 머릿속으로 엄청난 궁금증이 밀려들었다.

용두태는 도무지 원치경과 대적할 엄두가 나질 않았다.

자신이 익힌 최고의 절기를 소나기가 내리듯 퍼부었지만, 지금껏 원치경의 옷깃 하나 제대로 건드리지 못했다.

반대로 자신은 벌써 핏빛으로 물들어 헉헉거리고 있었던 것이다.

"지, 진정 사, 살혼검이란 말인가?"

"농으로 들렸소? 맞소. 내가 바로 대막의 살혼검이오."

"어, 어찌······."

용두태가 입을 쩍 벌리곤 어찌할 바를 몰라 했다.

원치경이 살혼검이란 사실에 순간 싸울 의욕조차 깡그리 사라졌던 까닭이다.

그렇다고 맥없이 목을 내어줄 수도 없는 노릇.

진퇴양난에 빠진 용두태가 빠르게 머리를 굴렸다.

원치경이 살혼검이든 아니든 그 사실은 이제 용두태에게는 아무런 상관도 없었다.

중요한 건 자신이 아무리 발악을 해도 결코 원치경을 꺾을 수 없다는 사실이었다.

자신이 죽는 한이 있더라도 원치경에게 치명상을 입힐 수 있다면 지금 당장에라도 그에게 달려들 테지만, 용두태에게 있어 지금의 싸움은 아무런 의미가 없었다.

'이, 이건 개죽음일 뿐이다.'

용두태의 두 눈이 크게 흔들렸다.

그런 그를 향해 원치경이 미소를 지으며 입을 열었다.

"도망은 불가하오. 물론 살길은 열려 있소. 그 살길이라는 게 궁금하지 않소?"

"개소리!"

용두태가 일갈을 내질렀다.

살길이 있다는 원치경의 말을 도저히 믿을 수가 없었기 때문이다.

"난 거짓말은 안 하오."

원치경은 진심이었다.

하지만 여전히 용두태의 표정에는 의심이 깃들어 있었다.

"싫다면 어쩔 수가 없구려. 무사답게 싸우다 저 세상으로 가는 수밖에……."

"자, 잠깐!"

원치경이 재차 짓쳐들려 하자 용두태가 기겁하여 소리를 질렀다.

"궁금해진 거요?"

"어, 어떻게 하면 살 수가 있다는 말인가?"

이미 이 싸움을 포기한 용두태가 물었다.

도주도 생각을 해봤지만 원치경의 말처럼 그건 불가능에 가까운 일이었다.

이토록 실력 차가 확연한데, 도주를 선택한다면 오히려 명을 단축하는 일이었다.

"수하들의 공격을 멈추게 하시오. 그리고 삼합회로 복귀하여 삼합회를 장악한 후 백도련과 벌이고 있는 모든 싸움을 멈추시오."

"노, 노옴! 그걸 지금 말이라고 하느냐?"

삼합회주가 버젓이 살아 있는데 수하들의 공격을 멈추게 하라니, 그것도 모자라 백도련과의 싸움을 중지하라니.

원치경의 어이없는 말에 용두태가 그만 허공에 일갈을 내질렀다.

그런 그의 의중을 읽은 원치경이 이내 입을 열었다.

"그럼 반각 이내에 삼합회주가 죽는다면 그때는 생각해 볼 요량이 있소?"

"네, 네놈이 정녕 미친 게로구나!"

"후훗! 지극히 정상이오."

"지랄 말아라! 내 잠시 네놈의 말에 현혹되어 미친 생각을 했구나. 와라! 내 네놈의 상대가 될 수는 없겠지만, 내 의지만큼은 결코 굴복시킬 수 없을 것이다."

용두태의 표정에 죽음을 각오한 결연한 의지가 떠올랐다.

그런 그를 향해 원치경이 장난기를 싹 지우며 입을 열었다.

"그러면 이렇게 하겠소. 잠시 그대와의 싸움을 멈추고 반각의 시간을 줄 것이오. 그 후 나와 다시 협상토록 합니다. 어떻소?"

"흥! 개소리 말라 하지 않았더냐? 어서 덤벼라! 내 죽음에 대한 복수는 회주께서 반드시 해주실 것이다."

"좋소. 정히 그렇다면 내 반각만 더 놀아주리다. 그 후 현명한 결정을 하시길 바라오. 아! 그리고 방금 전에도 말했듯 삼합회주는 반각 안에 죽음을 맞을 것이오."

용두태로서는 결코 믿을 수 없는 말이었지만, 원치경의 표정에는 확신이 어려 있었다.

* * *

용두태가 얼마나 놀랐는지 자신도 모르게 두 무릎을 땅 위에 털썩 꿇었다.

그런 그의 시야로 검붉은 핏물을 게워내며 비틀거리던 삼합회주 나도진이 그대로 땅 위로 쓰러졌다.

원치경의 말처럼 채 반각도 지나지 않아 일어난 일이었다.

"이제 수하들을 살릴 수 있는 사람은 오직 당신뿐이오. 지금 이 순간에도 당신이 아끼는 수하들의 귀중한 목숨이 사라지고 있소."

"그, 그대들의 정체가 무엇이오?"

반말로 일관하던 용두태의 입에서 절로 존대가 튀어나왔다.

그의 얼굴은 반쯤 넋이 나간 표정이었다.

무적이라 생각했던 삼합회주가 채 일각도 버티지 못하고 젊은 고수에 의해 명을 달리했다는 사실에 그만 정신을 놓고 말았던 것이다.
  "그건 중요하지 않소. 지금 중요한 건 그대의 결정이오. 어서 결정을 내리시오!"
  원치경이 내력을 싫은 일갈을 내지르자, 그제야 용두태의 정신이 번쩍 들었다.
  하지만 그는 여전히 망설이는 표정이었다.
  "정녕 모두를 죽일 참이오?"
  재차 일갈을 내지르는 원치경.
  그 순간 용두태가 신형을 일으켜 참담한 표정으로 허공에 커다란 고함을 질러댔다.
  "화룡각의 무인들은 들어라! 화룡각주가 명령한다! 지금 즉시 모든 화룡각의 무인들은 병기를 버리도록 한다!"
  믿을 수 없는 명령이 허공을 울리자 그 순간 화룡각의 무인들은 물론이고 숭검문의 제자들조차 어리둥절한 표정으로 잠시 멈칫거렸다.
  "……."
  순간 찾아온 정적.
  원치경이 그 정적을 깨며 빠르게 혈전을 펼치고 있는 숭검문주에게로 달려갔다.
  "누구신지 모르나 숭검문주 한재광, 대협의 은혜에 감사를 드립니다."

한재광이 진심으로 고개를 숙여 원치경에게 감사의 뜻을 표했다.

그런 그를 향해 원치경이 지금 벌어진 상황에 대한 자초지종을 설명하기 시작했다.

第四章 가오성 눈물을 흘리다

수호무사

피바람이 몰아칠 것이라 예상했던 강호의 무인들은 요즘 일어난 일단의 사건들로 인해 고개를 갸웃거릴 수밖에 없었다.
 그중에서도 가장 큰 놀라움은 단연 삼합회주 나도진의 죽음이었다.
 그의 죽음을 두고 강호는 크게 술렁였다.
 나도진을 죽인 상대가 확인되지 않아 더욱 그러했다.
 떠도는 풍문으로는 숭검문에서 그가 죽었다고 하는데, 숭검문주 한재광은 지금껏 그의 죽음에 대한 말을 아끼고 있었다.
 그것이 오히려 나도진의 죽음에 대한 소문을 더욱 무성하게 만들었다.
 그리고 나도진의 뒤를 이어 삼합회주에 오른 용두태가 백도련에게 패배를 시인한 사건으로 인해 강호의 무인들은 또 한 번 더 크게 놀랄 수밖에 없었다.

 천외천주 노자군이 굳은 얼굴로 좌중을 둘러봤다.
 그런 그의 시야로 허전하게 텅 빈 자리들이 들어왔다.
 얼마 전까지만 해도 노자군과 함께 담소를 나누던 삼천과 육천, 그리고 칠천 나도진의 자리였다.
 분위기는 침통했다.
 그만큼 그들의 빈자리는 남은 자들의 마음을 크게 위축시켰다.
 "대관절 무엇이 잘못된 것이라 생각하오?"
 노자군이 애써 마음을 다스린 후 물었다.
 하지만 모든 사람이 꿀 먹은 벙어리마냥 입을 다물고 있었다.
 "윤……. 그 아이를 우리가 너무 과소평가했던 것은 아닌지 후회가 되는구려."
 "이 현실을 받아들이기는 힘이 드나 어쩌면 윤이라는 그 아이가 천문의 영주는 아닐까 하는 생각이 듭니다."
 이천의 말에 대부분의 사람들이 고개를 끄덕였다.
 삼천과 육천, 그것도 모자라 그들과 함께 간 천외천의 정예 무사 모두가 쓰러진 이유를 달리 설명할 길이 없었기 때문이다.
 "그렇구려. 만약 그 아이가 무진강의 진전을 이은 천문의 영주라면 이 상황이 납득이 되는구려."

"천문의 근거지를 하루빨리 찾아내는 것이 급선무인 듯합니다."

이천이 다시금 입을 열었다.

"어찌 찾을 수 있단 말이오?"

"용사량 그가 입을 열도록 만들어야 합니다."

"으음……."

노자군의 두 눈이 가만히 감겼다.

내키지 않는 일이지만 이제는 용사량을 추궁할 수밖에 없었다.

"가오성이라는 자, 그가 현재 월하정에 홀로 남아 있다 하더군요. 가오성과 윤, 그리고 용사량, 그 셋의 관계를 생각해 본다면 가오성을 이용하는 것도 생각해 볼 필요가 있다고 생각됩니다."

잠자코 있던 사천이 끼어들었다.

"가오성이라……."

노자군이 고개를 크게 끄덕였다.

왜 지금까지 그를 생각하지 못했을까. 노자군은 내심 자신의 어리석음을 꾸짖었다.

"염부심은 지금 무얼 하고 있소?"

"철혈무가로 복귀를 하는 중입니다."

이천이 공손하게 대답했다.

삼합회가 무릎을 꿇은 이상 염부심이 할 일은 더 이상 없었기 때문이다.

'수십 년의 노력이 한순간에 물거품이 되다니……'

삼합회를 완전히 장악하기 바로 직전이었는데, 나도진이 죽음으로서 모든 일이 틀어져 버린 사실이 노자군은 안타까울 수밖에 없었다.

그렇다고 한숨만 내쉴 수는 없었다.

어서 빨리 명확한 대책을 찾아 상황을 수습해야만 했다.

"좋소. 모두 허락하리다. 견노로 하여금 용사량의 고문을 담당케 하고, 염부심에게 전갈을 띄워 가오성을 잡아들이도록 명하시오."

"천주의 명을 받사옵니다."

이천의 허리가 곧바로 숙여졌다.

* * *

천외천주 노자군의 명령은 곧바로 철혈무가로 복귀하던 염부심에게로 전달되었다.

화르륵―

고급스런 객잔에 행장을 잠시 푼 염부심이 서찰을 불살라 버렸다.

'이제야 그 정체를 눈치챘단 말인가? 멍청하기 이를 데가 없는 노인네들이구나. 가오성이라……'

염부심이 대략적인 소식과 함께 가오성을 잡아들이라는 명령을 곰곰이 되씹었다.

"무슨 명령인데 그렇게 똥 씹은 얼굴이야?"

때마침 들어온 구자정이 실실 웃으며 물었다.

"가오성을 잡아들이라는군."

"가오성? 스스로 용사량의 제자라고 떠벌리고 다닌다는 그놈 말인가? 갑자기 그딴 놈은 왜?"

"가오성을 추궁해 천문의 근거지를 알아낼 속셈이겠지."

"똥줄이 타는가 보군. 하긴 삼천과 육천, 그도 모자라 칠천이 비명횡사를 당했으니……."

구자정이 한심하다는 듯 혀를 쯧쯧 찼다.

천외천의 중추들이 죽었는데도 그의 표정에는 억울함이나 슬픔 따위는 드러나지 않았다.

"정말 윤이라는 놈의 짓일까? 그놈이 그렇게 대단했었나? 삼천을 죽일 정도로? 도대체가 믿겨지지가 않는단 말이야."

구자정이 턱 끝을 매만지며 물었다.

그의 얼굴은 여전히 의구심으로 가득했다.

"적어도 틀린 정보는 아니지. 충분히 그럴 만한 능력을 가진 놈이니까."

윤을 생각하는 염부심의 입가에 섬뜩한 미소가 걸렸다.

벌써부터 윤의 정체를 알고 있던 염부심에게는 천외천의 중추들이 윤에 의해 불귀의 객이 되었다는 소식은 더 이상 놀랄 만한 것이 아니었다.

"칠천, 나도진을 죽인 것도 어쩌면 그놈 짓일 수도 있겠는데. 그럼?"

"누구의 손에 죽었든 중요한 건 칠천은 더 이상 이 세상 사람이 아니라는 거지."

"그야 그렇지만. 후후……. 어쨌든 슬슬 피바람이 불어올 시기가 된 것 같군."

구자정의 입가에 비릿한 미소가 걸렸다.

　　　　　＊　　　　＊　　　　＊

날이 밝기도 전에 염부심과 그의 동료 천령들은 서둘러 철혈무가로 향했다.

그렇게 이레를 달려 어둑한 밤이 되어서야 그들은 철혈무가에 도착할 수 있었다.

"도착을 알리지 않을 참인가?"

삼대 천령 양석이 염부심에게 물었다.

"이목을 끌어봐야 일 처리만 늦어질 것이 아닌가? 반 시진이면 족할 테니 조금만 기다리면 될 것이야."

염부심이 어둠의 한곳에서 복면을 만지작거리며 말을 했다.

"만만히 볼 놈이 아닌데, 같이 가는 게 어떨까?"

"후훗! 용사량의 제자 놈을 잡는데 나 홀로 가는 것도 너무 과분한 일이지."

염부심이 피식 미소를 짓곤 이내 복면을 뒤집어썼다.

"다녀오지."

짧막한 한마디를 남긴 후 염부심이 이내 어둠을 뚫으며 내달리기 시작했다.

 척—
 잠자리에 들려던 가오성의 두 눈이 번쩍 떠졌다.
 그와 동시에 침상 가에 세워두었던 검을 움켜쥐곤 거처를 뛰쳐나갔다.
 "……."
 가오성이 어둠에 잠긴 월하정 주변을 예리하게 훑어봤다.
 그러던 그가 고개를 갸웃거렸다.
 "신경이 예민해진 건가? 분명 인기척이 느껴진 것 같았는데……. 이것 참!"
 가오성이 뒷머리를 긁적이며 신형을 돌려세웠다.
 그런데 그때였다.
 쐐애액—!
 섬뜩한 파공음에 가오성이 번개처럼 검을 뽑아 들었다.
 까앙!
 어둠 속으로 고성의 금속성이 울려 퍼졌다.
 '암기!'
 가오성이 암기가 날아온 방향을 지그시 노려봤다.
 "누구냐? 모습을 드러내라! 이딴 암기로 나를 어찌할 수 있을 줄 알았느냐?"
 "후후후!"

가오성 눈물을 흘리다 105

복면을 뒤집어쓴 염부심이 웃음을 흘리며 어둠 속에 그 모습을 드러냈다.

"웬 놈이냐?"

가오성이 묻자 염부심이 두 어깨를 으쓱거렸다.

장난기가 물씬 풍기는 행동이었다.

"조용한 곳으로 자리를 옮길까 하는데……."

"미친놈! 내가 미쳤냐, 자리를 옮기게?"

염부심이 주위를 두리번거리며 입을 열자 가오성이 곧바로 욕설을 내뱉었다.

"싫다면 어쩔 수 없지. 내가 먼저 움직이는 수밖에……."

염부심이 한 점 망설임도 없이 신형을 돌려 세워 어둠 속으로 사라지자 가오성이 순간 어이없는 표정을 지었다.

"뭐, 뭐 저딴 새끼가 다 있어? 거기 안 서!"

철혈무가에서 조금 떨어진 외진 장소에 도착한 염부심이 자신을 허겁지겁 쫓아온 가오성을 무심한 얼굴로 바라봤다.

"함정 같은 건 없으니 걱정 말아라."

"가, 가만! 호, 혹시?"

가오성이 깜짝 놀란 표정으로 말을 더듬었다.

그 음성이 너무도 귀에 익었던 까닭이다.

"후훗! 이제야 눈치를 챈 건가?"

염부심이 답답한 복면을 벗어던지고 미소를 살짝 지어 보였다.

"공자께서 왜?"

"그 정체가 다 탄로가 난 마당에 솔직하게 말하는 게 좋지 않겠나?"

"무슨 정체가 탄로가 났다는 말씀입니까?"

"천외천이란 곳을 들어본 적이 없나? 천문의 영주를 사형으로 둔 자가 설마 못 들어봤다고 말하진 않겠지?"

염부심이 대놓고 물었다.

"할 말이 없게끔 만드는군요. 그렇소. 들어봤소. 그대가 그곳의 마령인가 천령인가, 뭐 그딴 존재라는 것도 다 알고 있소. 그래서 뭐 어쩌란 거요? 그 사실을 알고 있으니 죽이기라도 하겠단 거요?"

가오성이 뻣뻣한 자세로 이죽거렸다.

"옛정이 깊은데 어찌 그대를 죽일 수 있을까. 그저 그대의 몸뚱이를 필요로 하는 사람들이 있어 잠시 데려가려고 이렇게 들른 것이네."

"내 살다 보니 별 희한한 말도 다 듣소. 내가 물건이요, 필요하면 데려가게? 뭐, 좋소. 내가 물건이라고 칩시다. 그럼 어디 한 번 데려가 보시오."

챙!

가오성이 눈빛을 번뜩이며 검을 뽑아 들었다.

그의 기세가 날카롭기 그지없었다.

"할아버지의 구천류로는 나를 어찌할 수 없을 건데. 그러니 검을 거두는 게 그나마 덜 고통스러울 수도 있을 게야. 하나

검을 거둘 리는 만무할 터. 얼마나 그 성취가 높아졌는지 견식이나 한번 해볼까."

팟!

염부심이 어둠을 가차없이 가르며 가오성을 향해 신형을 날렸다.

한 점 빛이 쏟아지는 듯 엄청난 속도였다.

"흥!"

쐐애액—!

그 모습에 가오성이 콧방귀를 날리며 서슬 퍼런 검을 횡으로 그어버렸다.

그 힘이 천년바위도 가를 기세였다.

휘릭—

염부심이 달려오던 신형을 붕 띄워 가오성의 공격을 흘리며 그의 가슴을 향해 일권을 뻗어냈다.

하지만 가오성은 당황하지 않고 허공을 밴 검을 회수하여 빠르게 그의 권을 막아갔다.

까아앙—!

염부심의 권과 가오성의 검신이 허공에서 부딪치자 요란한 소음이 어둠을 깨웠다.

부르르—

'역시 대단하군!'

검병을 쥔 가오성의 손바닥에서 찌릿한 고통이 전해졌다.

염부심의 권에 담긴 힘이 실로 무시무시했다.

단 한 번의 격돌에 가오성의 등에서 식은땀이 주르륵 흐를 정도였다.

차앙—!

"대단하오만, 그 실력으로 과연 나를 붙잡을 수 있다고 보시오?"

파팟—!

가오성이 이를 부득부득 갈며 염부심의 품을 파고들며 좌장을 뻗어냈다.

스윽—

염부심이 슬쩍 그의 좌장을 옆으로 흘리자 가오성이 이때다 싶었는지 일말의 망설임도 없이 염부심의 심장으로 향해 검을 꽂아 넣었다.

츠읏—

순간 옷가지가 찢기는 소음이 울렸다.

그리고,

퍼억—!

둔탁한 소음이 퍼짐과 동시에 가오성의 상체가 크게 휘청거렸다.

가오성의 검을 가까스로 피한 염부심이 우측 어깨로 가오성의 가슴팍을 그대로 들이박았기 때문이다.

'제, 제길!'

가오성이 내심 욕설을 내뱉으며 황급히 신형을 고쳐 잡고는 연속해서 짓쳐들어오는 염부심의 공격을 허겁지겁 막아갔다.

깡—! 까강!

'놀라운 발전을 이루었구나! 과연 용혈검의 제자란 말이 허언이 아니구나!'

염부심이 자신의 공격을 완벽할 정도로 방어하는 가오성의 실력에 내심 감탄을 터뜨렸다.

그렇게 수십 합의 공방이 쏜살처럼 지나갔다.

"……."

잠시 소강상태를 유지한 염부심과 가오성이 상대의 빈틈을 찾기 위해 서로를 지그시 노려봤다.

"가볍게 끝날 대결이라 생각했는데 제대로 힘을 써야 할 것 같군."

"그럼 지금까지 제대로 안 싸웠다는 말이오? 참으로 대단하오. 후후."

"지금부터는 조심하는 게 좋을 거다."

"바라던 바요."

가오성이 입가에 미소가 걸림과 동시에 염부심의 신형이 쏘아졌다.

지금까지와는 전혀 다른 힘이 그의 전신에서 뿜어졌다.

구오오오—!

'제길! 정말 무시무시하군!'

가오성이 낯빛이 딱딱하게 굳어졌다.

'좋다! 끝까지 한번 해보자! 썅!'

가오성이 이내 어금니를 꽈득 깨물곤 섬뜩한 검광을 사방으로 흩뿌렸다.

빛 한 점 없는 어둠이 이내 밝은 대낮처럼 환해지는 착각이 일었다.

콰콰콰—!

삽시간에 일어난 수많은 충돌로 인해 사방이 커다란 요동을 쳤다.

경천동지할 싸움이 이럴까 싶을 정도로 격한 대결이었다.

그러던 어느 순간,

콰과광—!

'크으윽—!'

가오성이 한 사발 남짓한 핏물을 토해내며 정신없이 휘청거렸다.

염부심이 그런 가오성의 품을 파고들어 그의 가슴에 우장을 그대로 가격했다.

"커어헉—!"

가오성의 입에서 갑갑한 신음성이 토해졌다.

"흥! 감히 내 몸뚱이에 검상을 입혀!"

힘없이 쓰러지는 가오성을 내려다보며 염부심이 싸늘한 미소를 지었다.

그런 그의 옆구리로 시뻘건 핏물이 주르륵 흘러내리고 있었다.

얼마 후.

끼이익—!

귀가 거슬리는 마찰음에 적여립의 시선이 절로 문 쪽으로 향했다.

"사, 사제가 아니더냐?"

생각지도 않던 염부심의 등장에 적여립이 반가운 기색을 감추지 않았다.

"내가 이곳에 감금되어 있는 것을 어찌 알았느냐? 어쨌든 다행이구나. 어서 이것 좀 풀어줘라. 내 당장 그놈을 찢어 죽일 테다!"

적여립이 윤을 생각하며 이를 바드득 갈았다.

그런 그의 곁으로 염부심이 느릿하게 다가섰다.

"사제, 지금 무얼 하고 있는 겐가, 어서 풀어주지 않고?"

적여립이 멀뚱히 자신을 내려다보기만 하는 염부심에게 짜증을 부렸다.

"그러실 필요없습니다. 윤은 제가 곧 처리를 할 것이니 말입니다."

"사제를 볼 면목이 없네. 어쨌든 어서 이것을 좀 풀어주게나."

적여립이 계속 재촉했다.

"이걸 어쩌지요. 제가 여기 온 이유는 대사형을 구하러 온 것이 아닌데……."

"지금 무슨 말을 하는 겐가?"

적여립이 무슨 영문인지 몰라 얼굴을 팍 찡그렸다.

"그렇게 눈치가 없어서야 어찌 천외천의 대사형이라 할 수 있겠습니까?"

"자, 자네……."

순간 적여립의 두 눈이 부릅떠졌다.

염부심의 분위기가 심상치 않음을 느꼈던 까닭이다.

"이제야 감이 오십니까? 어쨌든 그간 고생이 많으셨습니다. 이젠 제가 대사형을 대신하여 천외천이 못다 이룬 꿈을 이루도록 하겠습니다. 그러니 너무 걱정하지 마시고 저세상에서나마 편히 쉬시도록 하십시오."

"뭐, 뭐라! 사제! 자네 지금 미친 것인가?"

적여립이 말도 안 된다는 표정으로 버럭 소리를 질렀다.

하지만 염부심의 입가에는 미소만 감돌 뿐이었다.

"미치다니요? 너무 멀쩡해서 탈입니다. 아! 그리고 적령 사형은 이미 제가 저 세상으로 보내드렸으니 곧 위에서 만나실 수 있을 것입니다."

"노오옴! 네놈이 정녕 미친 게로구나! 감히 천외천을 배신해!"

"후훗! 배신이라기보다는 개혁이라 해야 옳겠지요. 고통은 없을 것입니다."

쐐애애액—!

*   *   *

피가 낭자한 차가운 바닥에 사지를 결박당한 가오성이 스르르 눈을 떴다.

주변을 둘러보니 적여립을 가둬놓은 장소였다.

쩔그렁—

뒤로 결박당한 두 팔을 거칠게 움직이자 쇠사슬이 부딪치며 요란한 소음을 만들어냈다.

"제, 제길!"

욱신거리는 통증을 느낄 여유도 없이 가오성이 거칠게 욕설을 내뱉었다.

그런 그의 옆에 적여립이 처참하게 죽은 형상으로 대자로 뻗어 있었다.

"깨었느냐?"

저 어둠 구석에서 염부심이 느릿하게 다가서며 입을 열었다.

"흥! 지금, 뭐하는 짓거리냐? 고문이라도 할 참이냐?"

가오성이 독기 어린 눈빛으로 대꾸했다.

그의 입에서는 더 이상 존대가 튀어나오지 않았다.

"필요하다면 해야겠지. 하나 그것으로는 왠지 모르게 부족할 것 같단 말이지."

드르륵—

염부심이 근처에 있는 의자를 끌어다가 가오성의 면전 앞에 놓았다.

그리고 편한 자세로 의자에 앉아 가오성을 조롱하듯 바라봤다.

"대답해 줄 것 같지는 않지만, 예의상 물어보지. 지금 무유화는 어디 있나?"

"미친놈. 그걸 내가 이야기해 줄 것 같더냐?"

"그래도 한때 그대가 모시던 주인인 나인데 말버릇이 영 아닌 것 같군."

염부심이 과거의 기억을 들추며 말을 했다.

"한때는 그랬지. 그때는 내가 미친놈이었으니까. 그리고 주인이라고? 헛소리 그만 지껄이고 그냥 죽여. 만사가 귀찮으니까."

죽음을 각오한 가오성이 눈가에 짙은 살기가 감돌았다.

살고는 싶지만 모두를 위해서라도 자신의 희생이 불가피하게 생각되었던 까닭이다.

"그럴 순 없지. 알다시피 자네를 필요로 하는 분들이 계셔서 말이야. 거길 가게 되면 말을 하기 싫어도 말을 할 수밖에 없을 거야. 지독한 사람들이거든. 아주, 아주 심할 정도로 말이야."

"흥! 지독한 거라면 나도 만만하지 않을 건데······."

가오성이 콧방귀를 뀌며 염부심을 노려봤다.

그런 그를 가만히 쳐다보던 염부심은 은근한 음성으로 입을 열었다.

"무유화를 살리고 싶지 않나?"

당연한 이야기를 꺼내는 염부심.

가오성 눈물을 흘리다

하지만 가오성의 입가엔 비웃음만 매달릴 뿐이었다.

"방금 전에도 말을 했지만, 그 노인들에게 잡혀가면 넌 입을 열 수밖에 없다. 그리 된다면 무유화는 결코 살아남을 수 없을 거야. 윤의 운명도 그녀를 따라갈 테고……. 내게 이야기를 해라. 그렇다면 그녀는 살 수 있다. 어쩌면 윤도 살 수가 있겠지."

"개소리 지껄이지 마라. 동료까지 죽이는 네놈을 내가 믿을 것 같더냐? 미친 새끼, 누굴 병신으로 알아!"

가오성이 이를 갈며 염부심을 죽일 듯 노려봤다.

"역시 믿지 않는군. 그럴 수밖에 없겠지. 후후……. 어쨌든 넌 죽지 않는다. 당분간은 말이지. 어쨌든 시간이 없으니 반 시진 더 생각할 기회를 주지."

"개소리 집어치우라고 했을 텐데."

가오성이 으르렁거리든 말든 염부심은 자신의 말을 계속 이어갔다.

"너도 알고 있겠지만, 난 무유화를 사랑한다. 그래서 그녀가 죽는 것을 지켜볼 수가 없다."

"사랑? 그게 사랑이냐? 그건 사랑이 아니라 집착이라는 거다, 집착. 알겠냐?"

"집착이라? 후후. 굳이 부정하지는 않겠네. 그 집착마저도 난 사랑이라 믿으니까."

"미친놈, 네놈이 미쳐도 단단히 미쳤구나."

가오성이 비릿한 미소를 지으며 이죽거렸다.

하지만 염부심은 개의치 않았다.

"윤이 이야기를 해줬는지는 모르겠지만 천외천주가 부상을 떨쳐내기 위해서는 무유화의 화령지체가 필요하다. 지금으로서 그것을 막을 수 있는 사람은 오직 나뿐이다. 아니, 너뿐이라고 해야 옳겠군. 기다리마."

말을 마친 염부심이 이내 신형을 일으켰다.

그런 그가 나갈 때까지 가오성의 욕설은 멈추지 않았다.

밖으로 나온 염부심에게 구자정이 은근슬쩍 다가섰다.

"어때? 입을 열 것 같나?"

"아무래도 힘들 것 같군."

예전의 가오성이라면 모를까, 지금의 가오성의 입을 열기란 불가능에 가까웠다.

"그럼 뭘 더 기다려. 죽여야지."

순간 구자정의 전신으로 섬뜩한 기운이 넘실거렸다.

"그럼 천주에게는 뭐라고 하면 좋을까? 결투 도중 실수로 죽였다고 보고를 해야 할까? 아니면 자결이라도 했다고 말을 해야 하나?"

염부심이 답답한 표정으로 물었다.

"그럼 순순히 저놈을 본 단으로 보낸단 말인가? 천주가 화령지체를 얻는 순간 우리의 계획이 모두 물거품이 될 것인데도?"

"조급해할 필요는 없다. 참고 기다리면 기회는 언제든 오는 법이니 말이야."

"그렇다고 언제까지 유유자적 기다릴 수는 없질 않겠나?"

구자정의 표정에 불만의 기색이 역력했다.

"어쩌면 기회가 될 수도 있을 것이다."

염부심의 두 눈에서 기이한 빛이 일렁이는 듯싶었다.

그에 구자정이 호기심을 누르지 못하고 입을 열었다.

"기회라니?"

"천문과 천외천을 충돌시킬 수 있는 기회."

"어떻게 그들을 충돌을 시켜? 쥐새끼처럼 숨어 다니는 천문 놈들이 대체 어디 있는 줄 알고?"

구자정이 말도 안 된다는 표정으로 말을 했다.

"천문의 근거지를 꼭 알아야 하나?"

"그렇지 않으면?"

"윤이 어디에 있는지만 알면 되는 것이 아니겠나? 그가 있는 곳이 곧 천문일 테니."

염부심의 입가에 회심의 미소가 걸렸다.

"그렇다고 쳐도, 그것만 가지고 어찌 천외천과 천문을 충돌시킬 수 있단 말인가?"

"적절한 시기에 무유화가 위험에 빠졌다는 것을 윤에게 알릴 수만 있다면……. 한바탕 피바람이 부는 건 당연한 일이 아니겠나?"

"으음……."

염부심의 그럴싸한 이야기에 구자정이 가벼운 한숨을 내쉬었다.

*　　*　　*

이럇!
두두두―!
관도 위로 희뿌연 흙먼지가 뽀얗게 피어났다.
무서운 속도로 말을 모는 윤의 표정에 한기가 뚝뚝 흘러내렸다.
그의 뒤를 따르는 원치경의 표정 또한 잔뜩 굳어 있었다.
심상치 않은 표정들.
그들은 분명 긴장하고 있었다.
정기적으로 전갈을 주고받기로 약속을 한 가오성으로부터 그 어떤 연락도 도착하지 않은 까닭이다.
월하정으로 들어서자마자 윤은 가오성을 찾았다.
하지만 가오성을 대신해 그를 맞이한 사람은 시녀 소은이었다.
"어떻게 된 거야?"
윤이 다급히 물었다.
"갑자기 모습이 보이질 않아. 대체 무슨 일이야? 무사님께 무슨 일 있는 거야?"
소은이 눈물까지 글썽이며 오히려 윤에게 물었다.
"별일없을 테니 너무 걱정하지 마."

"저, 정말 별일없는 거겠지?"

가오성의 안위를 걱정하는 소은의 두 볼로 투명한 눈물이 주르륵 흘러내렸다.

그런 그녀의 걱정을 덜어주고 윤은 곧바로 월하정 지하로 걸음을 옮겼다.

"으음……."

윤의 입에서 절로 탄식이 터져 나왔다.

깨끗하게 비워진 지하 석실.

당연히 있어야 할 적여립은 더 이상 보이질 않았다.

석실은 윤이 처음 발견할 당시의 모습을 그대로 하고 있었던 것이다.

"누구의 소행일까요?"

원치경이 주변의 흔적을 꼼꼼히 살피며 중얼거렸다.

그런 그의 시야로 한쪽 구석에 자리한 의자 위의 서찰이 들어왔다.

촤악—

원치경이 잽싸게 서찰을 펼쳤다.

"영주……."

서찰을 확인한 원치경이 곧바로 윤에게 서찰을 건네주었다.

"……."

서찰을 읽어 내려가는 윤의 손끝이 부르르 떨렸다.

'여, 염부심!'

서찰을 다 읽은 윤의 두 눈이 화마처럼 이글이글 불타올랐다.

서찰은 염부심이 남긴 것이었다.

서찰 속에는 가오성이 지금 어떠한 상황에 처해 있는지 낱낱이 적혀 있었다.

윤이 적여립을 납치한 것처럼 염부심 또한 가오성을 납치한 것이다.

왜 그 생각을 못했을까.

윤 자신이 그런 것처럼 저들도 똑같은 행동을 할 수 있었을 텐데.

윤의 가슴으로 후회와 스스로를 향한 원망이 솟구쳤다.

"영주……."

원치경이 전신을 부르르 떠는 윤을 조금이나마 진정을 시키기 위해 그를 불렀다.

"제 실수입니다."

"영주께서도 어찌할 수 없는 부분이었습니다. 자책하실 필요는 없습니다. 어쨌든 기별을 다시 준다 했으니 우선은 기다려 보는 것이 나을 듯싶습니다."

서찰의 말미에 염부심이 남긴 내용을 말함이었다.

"혹 저들의 암계일 수도 있으니 부영주에게 전갈을 띄워 철혈무가 주변으로 은영들을 배치하도록 조치를 취하겠습니다."

흥분하는 윤과 달리 원치경은 지금의 상황에서 할 수 있는 최선의 방법을 찾아내고 있었다.

한편, 그 시각.

천외천 지하 뇌옥에 갇힌 가오성은 독기를 품은 눈빛으로 꼽추노인을 죽일 듯 노려보고 있었다.

노인의 얼굴은 검버섯이 가득했고 머리털도 거의 다 빠져 대머리라 불려도 하등 이상할 것이 없었다.

"끌끌끌! 제법 강단이 있는 놈이로구나. 그런데 말이다, 난 도무지 너 같은 종자들을 이해를 할 수가 없다. 그저 입만 열면 되는 것을 왜 사서 고생을 자처하느냔 말이다."

"우으으—!"

가오성이 미친 듯 발악을 했지만 재갈이 물려진 그는 아무런 말도 꺼낼 수 없었다.

"아직은 말할 때가 아니니라. 조금 참으면 재갈을 풀어줄 것이니 할 말이 있으면 그때 하거라."

견노가 실실 웃으며 시뻘겋게 달구어진 인두를 집어 들곤 이리저리 살폈다.

"나에게 있어 인두라는 것은 말이다, 연한 살을 지질 때 가장 큰 흥분을 선사하느니라. 너 같은 근육질들은 인두의 맛이 안 나. 그래서 별로인데 말이야. 가만 보자."

견노가 완벽하게 결박당한 채 앉아 있는 가오성의 넓적다리를 요리조리 살폈다.

"그래, 요기가 좋겠구나."

치이이익—!

"우으으으—!"

살이 타는 매캐한 냄새가 진해질수록 가오성의 이마로 굵직한 핏대가 솟아올랐다.

"난 말이다, 이 살 타는 냄새가 너무 좋아. 끌끌끌!"

견노의 입가에 천진난만한 미소가 걸렸다.

그 모습이 더욱 섬뜩했다.

"크크큭—!"

한바탕 고문이 끝난 후 가오성이 기괴한 웃음을 흘렸다.

이깟 고통쯤은 충분히 이겨낼 수 있다는 독기가 풀풀 피어나는 웃음이었다.

"눈빛이 좋구나. 아무렴, 그래야지. 고문을 하기도 전에 입을 여는 놈들은 영 재미가 없단 말이지."

"크크크."

한번 해볼 테면 해보라는 듯 가오성의 눈빛은 시간이 지날수록 더욱 싸늘해졌다.

"정말 간만에 제대로 된 놈을 고문하게 되어 이 심장이 마구 뛰는구나. 이 얼마 만에 느껴보는 즐거움이란 말이더냐. 끌끌끌!"

견노가 정말 기분이 좋다는 양 껄껄 웃어젖혔다.

* * *

어둠으로 들어서는 용사량의 얼굴에 씁쓸한 미소가 피어올랐다.

천외천으로 잡혀오는 순간부터 염두하고 있었던 일이 결국 벌어졌기 때문이다.

저벅—

용사량의 걸음걸이는 당당하기 그지없었다.

일대종사의 위엄이 넘실거릴 정도였다.

그래서일까.

그를 인솔하는 천외천 무사들의 모습이 오히려 잔뜩 위축된 듯한 느낌이었다.

그렇게 얼마나 걸었을까.

붉은 빛이 일렁이는 습한 지하로 내려온 용사량이 마침내 걸음을 멈췄다.

그런 그의 앞에 견노가 희미한 미소를 머금고는 고개를 숙였다.

"용혈검을 뵈옵니다."

"놀랍군. 그대가 아직까지 살아 있다니."

"세상에 가장 질긴 것이 사람 목숨이라더니 제 꼴이 딱 그 짝이 아니겠습니까. 끌끌."

웃고 있는 견노의 눈빛에 일순 섬뜩한 안광이 번뜩였다.

"뫼시어라."

견노가 천외천 무인들에게 짧게 명령하자, 그들이 서둘러 준비된 의자에 용사량을 포박했다.

범인과 다름없는 용사량은 아무런 반항도 못한 채 그렇게 묶이고 말았다.

"감당키 힘드시다면 언제든 말씀을 해주십시오. 천주께서 용혈검의 목숨만큼은 꼭 지켜달라 하셨으니 말입니다."

"삶에 대한 미련을 버린 지 오래이거늘, 괜한 부탁을 하시었구만."

"아직 천수도 다 못 누리셨을 텐데 그 무슨 섭섭한 말씀이십니까. 끌끌."

"천수라? 후후후. 기대되는군. 자네의 실력이 얼마나 대단한지 말이야. 어서 시작해 보시게."

마치 세상을 초탈한 양 용사량의 표정에는 한 점 흔들림도 없었다.

"그전에 용혈검께 보여드릴 것이 있습니다. 무척 흥미로울 것입니다."

견노의 말에 용사량의 사뭇 궁금증을 드러냈다.

까닥—

견노가 천외천의 무인에게 눈짓을 주자, 그가 전방에 걸린 검은 천을 망설임없이 걷어냈다.

그리고 드러나는 모습.

한 젊은이가 피에 젖은 몰골로 시체처럼 축 늘어져 있었다.

입가에는 걸쭉한 침이 흘러내렸고, 깊은 잠에 빠져 있는지 두 눈은 꼭 감겨 있었다.

"오, 오성아!"

그토록 침착하던 용사량의 두 눈이 부릅떠졌.

가오성 눈물을 흘리다

"저 아이에게 대체 무슨 짓을 한 것인가?"

낮게 내리깔리는 용사량의 음성에서 은은한 노기가 피어올랐다.

그가 그러면 그럴수록 견노의 미소는 진해졌다.

"보면 절로 답이 나오실 터인데……. 아주 독한 놈이더군요. 간만에 제 몸이 달아오를 정도였습니다. 기절에 기절을 거듭하면서까지 자신은 용혈검의 제자라 외치며 고문을 참아내더군요. 제자 하나는 참 잘 두신 것 같습니다. 끌끌끌."

"꼭 이렇게 해야겠나?"

"제가 뭘 알겠습니까? 그저 천주께서 시키신 일이니 따르는 것뿐입니다. 깨우거라."

견노가 명령하자 한 무인이 가오성에게로 다가가 그의 전신 요혈을 가볍게 두드렸다.

그러자 가오성이 신음을 흘리며 힘겹게 눈을 떴다.

"으음……."

시체와 다름없는 가오성이 실눈을 뜨자 어렴풋한 영상이 그의 뇌리에 각인되기 시작했다.

그런 그의 앞에 보고 싶던 모습이 나타났다.

'스, 스승님…….'

현실과 꿈속을 오락가락하는 가오성이 내심 중얼거렸다.

그의 모습은 여전히 몽롱한 의식을 벗어나지 못한 듯싶었다.

촤아아—!

그때 한 무인이 가오성에게 얼음장처럼 차가운 물을 확 끼얹었다.

"하아!"

뼛골이 시릴 정도의 한기에 가오성의 정신이 번쩍 들었다.

그리고 확실해지는 눈앞의 모습.

"노, 노야!"

가오성이 발악하듯 신형을 비틀며 외쳤다.

"이놈들! 어서 노야를 풀어주지 못할까!"

용사량의 모습에 이성을 잃은 가오성의 두 눈이 분노하여 화마처럼 이글이글 타올랐다.

"노, 노야의 몸을 건드린다면 내 네놈을 지옥 끝까지 쫓아가 자근자근 찢어버릴 것이다."

"끌끌끌. 참으로 대단한 놈이구나. 아직까지 소리칠 기운이 남아 있다니……."

"노옴!"

"귀청 떨어지겠구나. 뭣들 하느냐! 입을 막아라!"

"으으읍, 흐읍."

재갈이 물린 가오성이 더욱 미친 듯 몸부림을 쳤다.

"이것인가?"

용사량이 나름 침착함을 유지하곤 물었다.

하지만 그의 가슴은 이미 갈기갈기 찢어진 후였다.

"뭐, 우선은 그렇습니다. 그럼 시작해 볼까요."

"오성아, 눈을 감아라. 이후 벌어질 모습은 한낱 꿈에 불과

하니 독하게 마음을 먹어야 할 것이다."

용사량이 충혈된 가오성의 두 눈을 지그시 바라보며 말을 했다.

"과연 그게 그렇게 쉬운 일일까요? 얼마 안 가 저 아이의 입에서 모든 이야기가 술술 흘러나온다는 것에 이 목을 걸겠습니다. 끌끌끌."

"무엇이 그토록 듣고 싶은 것인가?"

용사량이 슬쩍 고개를 들어 견노를 노려봤다.

"많은 이야기를 바라는 것은 아닙니다. 저는 그저 무유화가 지금 어디에 있는지만 알면 되는 것이니 말입니다."

"후후후, 결국 그것이란 말인가."

용사량의 입가에 서글픈 미소가 감돌았다.

자신이 진작 죽어 없어졌으면 이런 일이 없었을 텐데.

괜한 미안함에 용사량의 눈시울이 붉어졌다.

그리고 그 모습에 가오성의 두 볼로 굵직한 눈물이 주르륵 흘러내렸다.

第五章 풍운의 유운객잔

수호무사

오늘도 유운객잔은 손님들도 성황이었다.

정말 저자의 돈을 박박 긁을 정도로 객잔의 문을 열기가 무섭게 끊임없이 손님들이 들이닥쳤다.

그렇게 하루해가 넘어가고 으슥한 밤이 되어서야 손님들이 빠져나가기 시작했다.

"이제야 좀 숨을 쉴 수 있겠네. 휴우……."

노송이 뻐근한 허리를 툭툭 치며 긴 숨을 내뱉었다.

매일 피곤한 나날이었지만, 그의 얼굴은 언제나 그렇듯 늘 밝았다.

"영업이 끝났는가?"

그때 객잔으로 일단의 손님들이 들어왔다.

"아, 아닙니다. 이리로 오십시오."

노송이 달려가 손님들을 공손히 맞이했다.

그 모습에 점소이들의 표정이 확 일그러졌다.

이각 후면 영업이 끝나는데 또 손님을 들이는 노송이 순간 미웠던 까닭이다.

인상을 찡그리는 건 점소이들뿐만이 아니었다.

주방에서 음식을 만드는 유운객잔의 식솔들 또한 연신 투덜대고 있었다.

하지만 그 누구도 불평을 입 밖으로 내놓는 사람은 없었다.

그만큼 노송의 지위가 높은 것도 사실이지만, 그의 노력으로 유운객잔은 더욱 발전하고 있었기 때문이다.

"무엇으로 드릴까요?"

점소이가 받아야 할 주문을 노송이 직접 받았다.

지위가 사람을 만든다고, 그런 노송의 태도가 예전과 달리 꽤나 점잖았다.

"간단히 요기를 하러 들른 것이니 대충 알아서 내오시게. 술도 몇 병 내어오고."

"예. 그럼 그리 알고 곧바로 올리겠습니다."

노송이 고개를 공손히 조아리고 곧바로 주방을 향해 걸음을 옮겼다.

한편 그 시각, 노적위가 다급한 신색으로 건유운의 집무실을 찾았다.

"무슨 일이냐?"
"어둠 곳곳에서 암중의 인물들이 객잔을 노리고 있습니다."
"그게 무슨 말인가?"
놀란 건유운이 물었다.
"아무래도 객잔이 포위된 듯싶습니다."
"내가 나가보지."
노적위의 보고에 곽한이 시형을 일으켰다.
"같이 가시지요."
건유운 또한 이내 일어나 집무실을 벗어났다.

집무실을 나온 곽한의 시선이 절로 일층의 주루 쪽으로 향했다.
그곳에 일곱 명의 손님이 간단한 식사를 하고 있었다.
여느 객잔에서 흔히 볼 수 있는 평범함 모습이었지만, 곽한의 표정은 일순 딱딱하게 굳어졌다.
그때 음식을 먹던 한 노인이 곽한의 모습을 발견하곤 이층을 향해 입을 열었다.
"오랜만일세, 밀영대주. 아니, 그렇게 부르면 이제 실례가 될 수도 있겠군. 아니 그런가, 천문의 부영주?"
이천의 얼굴에 희미한 미소가 걸렸다.
"그대들이 함부로 발을 들일 곳이 아니거늘······. 이천과 사천께서 직접 행차를 하시다니 꽤나 급한 사안이었나 보오?"
곽한의 말에 순간 노적위의 신형이 쏜살처럼 사라졌다.

무유화의 안위가 걱정이 되었던 까닭에 곧바로 그녀가 머무는 거처로 움직인 것이다.

"이곳이 천문의 근거지였다니……. 누구의 발상인지 정말 기가 막힐 뿐이야. 뭐하는가? 오랜만에 만났는데 와서 술이라도 한잔 기울이게."

이천이 느긋한 신색으로 권했다.

하지만 곽한은 요동조차 하질 않았다.

'모든 걸 알고 왔다면 쉽지는 않겠구나.'

곽한의 머리가 빠르게 회전했다.

이천의 여유로운 행동이 크게 마음에 걸렸던 까닭이다.

"그대가 은영사주인가?"

이천의 곁에 있던 사천이 술 한 모금을 홀짝인 후 물었다.

"그렇소."

건유운이 솔직히 대답했다.

"이곳 유운객잔의 객잔주라 하던데……. 시간을 좀 줄 터이니 관계없는 자들은 내보내도록 하시게."

사천이 객실을 쭉 둘러보며 말을 했다.

그에 건유운이 점소이 중 한 명을 바라보며 눈짓하자, 그의 눈빛을 받은 점소이가 신속한 움직임으로 부산을 떨기 시작했다.

점소이는 지금껏 점소이로 신분을 속여 온 천문의 은영 중 한 명이었다.

그뿐만이 아니었다.

유운객잔은 천문의 전초기지나 다름없는 곳이었다.

천문 전력의 반 이상이 유운객잔에 집중되어 있다고 봐도 무방할 정도였다.

천문의 은영들은 점소이로, 주방의 일꾼으로, 호객꾼으로, 그리고 손님으로 가장해 지금껏 유운객잔을 지탱해 오고 있었던 것이다.

유운객잔이 난장판이 되어버렸다.

객실에 머물던 손님들의 얼굴에는 불쾌한 기색이 역력했다.

갑자기 들이닥쳐 죄송하다고 말하며 나가달라고 하니 누구인들 기분이 나쁠 일이었다.

시각도 으슥한 한밤인데.

그래도 그나마 위안이라면 적지 않은 웃돈을 받은 덕에 그들의 표정이 한결 누그러졌다는 것이다.

"……"

모든 손님들이 나가자 그제야 이천이 신형을 일으켰다.

"무유화를 넘겨준다면 아무런 분란 없이 이대로 발을 돌릴 수도 있네. 물론 힘들겠지?"

"천령들인가 보오?"

곽한이 계단을 느릿하게 내려오며 처음 보는 젊은이들을 바라보며 물었다.

"그렇다네. 이번에 출관을 한 천령들일세."

사사삭—

곽한이 일층 주루의 바닥을 밟기가 무섭게 꽤 많은 은영들이 일사불란하게 움직이며 이천을 비롯한 천외천 인물들을 에워쌌다.

그중 일부는 건유운의 명령에 무유화의 거처로 바람처럼 움직였다.

이천은 그런 그들을 막지 않았다.

어차피 끝장을 보기 위해 온 터였기 때문이다.

"힘들 걸세."

"두고 보면 알 일이지요."

"그나저나 영주가 안 보이는구먼."

윤을 이야기하는 이천의 두 눈이 일순 분노로 이글거렸다.

삼천과 육천, 그것도 모자라 칠천의 목숨까지 앗아간 윤을 생각하자 살심이 들끓었던 까닭이다.

"영주께서 계셨다면 성한 몸으로 천외천까지 돌아가는 건 불가능할 거요."

"흥! 얼마나 대단한 놈이기에 그리 자부심이 강한가?"

"대단하지요, 그대가 상상할 수 없는 그 이상만큼이나. 후후……."

스르룽—

곽한의 검이 마침내 그 모습을 드러냈다.

긴 이야기가 오가봐야 모두가 무의미한 말일 뿐이었다.

챙!

주변의 은영들이 너도나도 검을 뽑아 들었다.

그 기세가 가히 유운객잔을 떨쳐 울릴 정도로 매섭기 그지 없었다.

"후후후, 한낱 천문의 은영 따위들이 우리를 어찌할 수 있다고 보는가?"

"그대의 두 눈엔 여기 서 있는 나 곽한이 안 보이나 보구려."

"자신감이 대단하군. 어디 그 자신감만큼이나 실력이 대단한지 한번 볼까."

우우우웅—!

순간 이천 주위로 막강한 기운이 솟구치듯 끓어올랐다.

곽한의 표정은 담담했지만 그의 내심은 불안하기 짝이 없었다.

이천의 말처럼 객잔에 머물고 있는 은영들이 모두 목숨을 걸고 싸운다 해도 이들을 꺾기는 힘들었다.

하물며 유운객잔을 에워싸고 있는 천외천의 무인들까지 상대해야 하니.

하지만 어떻게 해서든 무유화만큼은 지켜내야만 했다.

'적위, 부탁한다.'

이미 노적위가 무유화와 함께 도주를 감행하고 있을 터였다.

그들이 안전하게 유운객잔을 빠져나가게 하기 위해서는 최대한 시간을 벌어야 했다.

순간 곽한의 손아귀에 힘이 바짝 들어갔다.

까강—! 깡!

요란한 금속성이 사방에 난무했다.

싸움이 일기가 무섭게 실내에 있던 기물들이 하나둘씩 박살이 나더니 어느새 폐허와 다름없는 모습으로 변한 주루였다.

새로 출관했다는 젊은 천령들의 무위는 실로 무서웠다.

수많은 천문의 은영들이 그들을 압박했지만, 오히려 밀리는 쪽은 은영들이었다.

그 모습에 곽한과 건유운의 마음은 다급해질 수밖에 없었다.

쐐애애액—!

곽한의 검신이 요란한 파공음을 내며 이천의 심장으로 짓쳐 들었다.

하지만 상대는 이천이었다.

쾌애액—!

이천이 신형을 살짝 비틀어 곽한의 검을 흘림과 동시에 거력이 담긴 권장을 곽한의 가슴팍으로 연속해서 내질렀다.

콰콰광!

화탄이 터지는 듯 엄청난 굉음이 내실을 떨쳐 울렸다.

곽한과 이천의 공격이 서로 부딪칠 때마다 엄청난 진동이 일어 주루가 들썩이는 듯했다.

파파팍—!

누가 먼저랄 것도 없이 뒷걸음질을 치는 이천과 곽한.

그 둘의 표정이 사뭇 대조적이었다.

"천문의 부영주라더니 제법이구나. 감히 본좌의 옷깃을 찢어발기다니."

길게 찢긴 옷자락을 툭툭 털며 이천이 여유 만만한 표정으로 이죽거렸다.

스윽—

곽한은 아무런 대꾸도 하질 않았다.

그저 검을 중단으로 끌어올린 채 이천의 두 눈만 뚫어지게 바라볼 뿐이었다.

어떻게 해서든 이천을 쓰러뜨려야만 하는데 그것이 좀처럼 쉽지 않았다.

아니, 어쩌면 곽한 자신이 죽을 수도 있는 일이었다.

이천의 권장에 가격당한 좌측 어깨가 그 충격에 계속해서 욱신거렸다.

하지만 고통을 느낄 겨를이 없을 정도로 곽한은 긴장하고 있었다.

그만큼 이천의 무위는 곽한이 어찌할 수 없을 만큼 고강했다.

'아가씨만 살릴 수 있다면! 이 한목숨 기꺼이 못 내놓으랴!'

곽한이 어금니를 꽈득 깨물었다.

어차피 힘든 싸움.

그의 얼굴에 죽음을 각오한 비장한 표정이 떠올랐다.

"은영들은 들어라! 오늘 우리는 이곳에 뼈를 묻을 것이다!"

곽한의 일갈이 주루를 쩌렁쩌렁 울렸다.

그에 은영들의 전신에서 더욱더 뜨거운 기세가 스멀스멀 피어올랐다.

그 시각.

전신이 핏빛으로 물든 수십 명의 은영이 무유화가 도주한 길목을 막곤 싸늘한 미소를 지었다.

찌이잉—!

그들 앞으로 먹구름처럼 몰려든 천외천 무인들이 조금씩 다가서며 진한 살기를 피워냈다.

무유화를 탈출시키기 위해 엄청난 대가를 치러야만 했던 은영들.

그들은 이미 진기가 고갈되어 휘청거리고 있었다.

하지만 천외천 무인들은 그들에게 함부로 공격을 가할 수 없었다.

그만큼 그들이 보여준 무위가 실로 끔찍할 정도로 무서웠던 까닭이다.

그렇다고 이렇게 시간을 끈다면 도주하는 무유화를 놓칠 수도 있는 일이었다.

그런데 무슨 연유인지 천외천 무인들은 서두르지 않았다.

그런 그들의 표정에 여유가 넘쳐흘렀다.

'무슨 수작인가?'

그들의 모습에 은영들은 불안감을 감출 수 없었다.

당장에라도 자신들에게 공격을 가해야 마땅하거늘 오히려 시간을 끄는 쪽은 천외천 무인들이었던 까닭이다.

"후후후, 무유화는 도망갈 수 없을 것이다."

"흥! 우리를 쓰러뜨리시 않고서는 불가능한 일일 것이다."

은영 중 한 명이 두 눈에 핏대를 세우며 으르렁거렸다.

그런 그를 슬쩍 비웃고는 복면무인이 입을 열었다.

"너의 두 눈에는 천외천이 바보로 보이느냐? 그런데 이 일을 어찌하면 좋을까. 내가 보기에는 길을 막고 있는 너희들이 너무도 멍청하게 보이는데……."

"무슨 헛소리냐?"

은영이 긴장을 늦추지 않고 서늘하게 물었다.

"지금 길을 막고 있는 것은 너희가 아니라 우리다."

순간 은영들의 미간이 동시에 좁혀졌다.

복면무인이 꺼낸 말이 무슨 의미인지 좀처럼 감을 잡을 수 없었던 까닭이다.

그때,

"이미 오천께서 무유화를 추적하고 있다는 의미이다. 후후후……."

'오, 오천!'

순간 은영들이 화들짝 놀란 표정으로 두 눈을 부릅떴다.

만약 복면무인의 말이 사실이라면 정말 큰일이 아닐 수 없었다.

"퇴로가 이미 막혔거늘 대체 어딜 가려고 하느냐? 너희들이

갈 곳은 이미 정해졌느니라. 바로 저 위다."

복면무인이 비릿한 미소를 지으며 검지로 하늘을 가리켰다.

그 순간 은영 중 한 명의 입에서 다급한 일갈이 터져 나왔다.

"퇴로를 뚫는다! 아가씨께서 위험하시다!"

* * *

기다렸던 염부심의 전갈을 받고 머리칼이 휘날리도록 내달리는 윤.

그의 의도가 궁금했지만 그런 것을 따질 겨를이 없었다.

커다란 둔기에 뒤통수를 얻어맞은 기분이었다.

저들이 노린 것이 자신이 아닌 유운객잔의 무유화였다니.

충분히 짐작할 수 있는 가정이었건만, 어리석게도 흥분한 윤은 그 사실을 놓치고 말았다.

자신의 멍청함을 탓해보지만 그럴수록 스스로를 향한 분노는 더욱 커질 뿐이었다.

무유화의 안위가 너무도 걱정이었다.

곽한과 건유운, 그리고 모든 은영을 믿고는 있지만 좀처럼 불안감을 떨쳐낼 수가 없었다.

은영들이 아무리 죽음을 이겨낸 무인들이라 하지만, 그에 못지않게 천외천의 무인들 또한 상상하기 힘든 실력을 지닌 자들이었다.

그리고 염부심의 전갈에 의하면 천외천주가 내린 명령은 무유화뿐만이 아니라 유운객잔의 몰살이라 했다.
그렇다면 만만치 않은 무인들이 유운객잔으로 대거 몰려갔다는 의미다.
'제, 제발!'
생각이 여기까지 미치자 윤의 마음은 점점 다급해졌다.
한숨 돌릴 틈도 없이 윤은 자신이 펼칠 수 있는 최상의 경공으로 무섭게 질주했다.
하지만 두 다리가 천근만근이나 된 것처럼 느리게만 느껴졌다.
그렇게 며칠을 내달려 어둑한 한밤이 되어서야 그는 유운객잔이 있는 성도에 도착할 수 있었다.
'유화야……'
가벼운 신음성이 윤의 입술을 타고 삐져나왔다.
그의 머릿속은 온통 무유화에 대한 걱정뿐이었다.
행여 그녀에게 무슨 일이 생긴다면…….
'제, 제발…….'
윤의 마음은 간절했다.
파앗―!
순간 윤의 신형이 이내 허공을 갈랐다.

진득한 어둠 속으로 수많은 무인들이 유운객잔을 둘러싸고 있었다.

입구는 이미 들어갈 틈을 찾을 수 없었다.

그에는 못 미치지만 좌우와 후방 또한 그에 버금가는 무인들이 떼거지로 모여 있었다.

몰려와도 너무 많은 무인이 몰려온 것이다.

정말 끝장을 내자는 심산이 아니고서는 달리 설명할 길이 없었다.

마치 천외천 소속의 무인 전체가 모였다는 착각이 일 정도로 그 수가 엄청났다.

하지만 그 수가 아무리 많다 하나 윤의 두 눈은 이글이글 타오를 뿐이었다.

아니, 그 수가 많기에 그의 심장은 더욱 뜨겁게 타올랐다.

스르릉—

윤이 내달리는 속도를 그대로 유지한 채 검붉은 용혈검을 뽑아 들었다.

천외천의 무인들이 먹장구름처럼 모여들었음에도 그의 표정에 일말의 망설임도 없었다.

파앗—!

한 점 빛이 되어 전방으로 쏘아지는 윤.

사사사삭—!

순간 천외천 무인들이 멀리서 내달리는 윤을 발견하곤 일사불란하게 움직였다.

파파팍—!

윤의 전진을 결코 용납할 수 없다는 듯 수많은 천외천 무인들이 그를 향해 득달같이 달려들었다.

찌이이잉—!

윤이 용혈검을 재차 고쳐 잡고 허공을 향해 내력이 담긴 웅혼한 일갈을 내질렀다.

"막는 자! 모두 베어버리겠다!"

불같은 분노가 어린 윤의 일갈이 사방을 쩌렁쩌렁 울렸다.

그 모습을 조금 떨어진 장소에서 지켜보던 한 무인의 입에서 비릿한 미소가 걸렸다.

딱 벌어진 어깨가 실로 산을 보는 듯 위풍당당했지만, 너무도 메말라 더욱 괴기스러운 모습을 한 사내였다.

그리고 긴 흑발이 얼굴 전체를 가려 그 용모를 볼 수가 없어 더욱 위험해 보이는 인물이었다.

"후후후……."

사내가 느긋하게 팔짱을 낀 채 계속해서 실소만을 흘려댔다.

"너무 슬퍼 눈물이 다 나오려 하는군. 후후."

"만만하게 볼 놈이 아닙니다. 긴장을 늦춰서는 안 될 것입니다."

다가온 자가 윤이라는 사실을 알아 챈 복면무인이 낮은 어조로 경계감을 감추지 않았다.

"전대 천령들께서 저놈의 손에 명을 달리했다는데 긴장을 늦출 수야 없지. 하나 제아무리 대단한 놈이라 하나 고작 두 놈이 와서 무엇을 하겠다는 건지. 그저 나오는 건 웃음밖에 없다. 후후."

 여전히 천외천의 승리를 장담하는 사내가 또다시 피식 웃음을 흘렸다.

 그 순간 어둠을 울리는 고성의 금속성이 처음으로 터져 나왔다.

 깡!

 윤의 용혈검을 막던 천외천의 무인이 그 힘을 감당하지 못하고 검붉은 핏물을 왈칵 토해내며 뒤로 죽 밀렸다.

 그 모습에 천외천 무인들의 심장이 서늘하게 식어버렸다.

 타앗—!

 순간 윤이 신형을 공중으로 띄워 그대로 전방으로 돌진했다.

 사방에서 자신을 향해 검이 짓쳐드는데도 윤은 눈 하나 깜짝하지 않았다.

 찌이이잉—!

 울음을 토하는 용혈검이 피를 갈구하고 있었다.

 그토록 많은 사람의 피를 머금었음에도 매번 배고프다 울부짖는 그 모습에서 단 한 점의 온정도 느껴지질 않았다.

 "막는 자! 베어버린다 했다!"

 용혈검의 모습과 너무도 흡사한 살기 어린 음성이 윤의 입 밖으로 터져 나왔다.

 슈아아악—!

 "크으윽—!"

용혈검의 움직임에는 단 한 점의 거침도 없었다.

윤의 말처럼 그를 막는 자들은 처절한 비명을 토해내며 땅 위를 나뒹굴기에 바빴다.

타타앗—!

두 번의 도움을 닫고 윤이 허공으로 도약했다.

갑작스런 그의 행동에, 아니, 너무도 빠른 그 속도에 모두들 그가 사라졌다고 생각했다.

그런데,

쾌애애애액—!

서억—!

컴컴한 허공에서 일직선의 검광이 번쩍였다.

그 빛이 너무도 강렬해 눈이 부실 정도였다.

그리고 그 빛이 사라지는 순간, 천외천 무인들이 놀란 두 눈을 부릅떴다.

"커어……."

"크으윽!"

쩍 벌어진 상처를 부여잡으며 뒷걸음을 치는 천외천의 무인들.

윤의 일 검에 그를 막아섰던 예닐곱의 천외천 무인이 왈칵 솟구치는 핏물을 막으려 안간힘을 썼다.

하지만 아무리 막으려 해도 그들의 입을 통해, 그들의 목젖을 통해, 그들의 가슴을 통해 콸콸 쏟아지는 핏물만큼은 그들도 어찌할 수가 없었다.

우르르르-!

이 말도 안 되는 상황에 일순 윤을 중심에 둔 공간이 크게 벌어졌다.

"숫자가 많다 하여 나 천문의 영주를 막을 수 있다 생각했는가?"

크게 놀라 뒤로 주춤 물러선 천외천 무인들을 싸늘히 쓸어보며 윤이 말했다.

그에 구름 떼처럼 모여든 천외천 무인들이 두 어깨를 흠칫 떨었다.

자신들의 눈앞에서 찰나지간 수십의 동료가 피를 토하며 죽어 나자빠졌음에도 불구하고 그들은 분노조차 느낄 수가 없었다.

그들로서는 상상조차 할 수 없는 검술이었다.

어찌 일 검에 열 명에 달하는 상대를 모조리 죽일 수 있단 말인가.

목숨을 달리한 천외천 무인들이 약해서?

아니, 그건 절대 아니었다.

윤의 용혈검에 절명을 한 무인들은 천외천이 수십 년을 공들여 키운 정예들이었다.

그런데 어찌…….

윤을 까맣게 에워싼 천외천 무인들의 표정이 딱딱하게 굳어졌다.

하지만 넋을 잃고 놀라고만 있을 상황이 아니었다.

저편에서도 윤 못지않게 엄청난 위용을 과시하는 원치경에 의해 천외천 무인들이 추풍낙엽처럼 계속해서 쓰러지고 있었던 까닭이다.

"물러서지 마라!"

윤과 원치경 단둘이서 과연 무엇을 할 수나 있을까 하고 낙관하고 있던 천욱이란 사내의 입에서 분노 어린 일갈이 터졌다.

그에 정신이 번쩍 든 천외천 무인들이 너나 할 것 없이 윤과 원치경을 향해 달려들었다.

이건 정말 설명이 불가한 싸움이었다.

윤과 원치경이 아무리 대단하다 하나, 그 둘이 이백여 명이 넘는 천외천 무인을 상대할 수는 없었다.

죽여도 죽여도 그 끝을 볼 수 없는 싸움이었다.

윤과 원치경이 무신이 아닌 이상, 이건 정말 그 결말이 당연한 싸움이라 할 수 있었다.

그러나 믿을 수 없게도 이 말도 안 되는 싸움은 모든 이의 예상을 완전히 뒤덮고야 말았다.

스가각—

검날에 목뼈라도 긁혔는지 화들짝 신경을 깨우는 섬뜩한 소음이 울렸다. 그리고 어김없이 시뻘건 선혈이 목젖을 타고 흘러 가슴께를 흥건히 적셨다.

주르르륵—

모두가 핏빛 광란의 도가니에 빠져버린 혈귀들로 변해 있었다.

각자 누구의 피를 뒤집어썼는지도 몰랐다.

자신이 흘린 핏물인지 아니면 상대가 뿌린 핏물인지.

하지만 하나만큼은 확실했다.

그 핏물이 어느 누구의 것이든 이곳은 분명 지옥이라는 사실이었다.

"하악, 하악……."

거친 단내를 토해내며 뒤로 주춤 물러서는 무인들의 두 눈에 두려움이 가득했다.

그곳이 어디든 자신들도 고수라 불리는 무인이다.

비록 이 드넓은 강호에 자신들을 드러낼 수는 없었지만, 그래도 천외천 무인들은 결코 무시할 수 없는 실력을 지닌 자들이었다.

그런데,

'이, 이건 아니다.'

천외천 무인들은 철벽에 부딪친 느낌이었다.

윤이라는 저 인간, 아니, 저 괴물은 결코 인간이 아니었다.

시뻘건 운무를 피워낼 때마다 전율적인 살검을 퍼붓는 저 괴물은 결코 인간이 될 수가 없었다.

마치 귀신과 싸우는 듯했다.

분명 상대를 베었건만 알고 보면 시커먼 허상만을 베었을 뿐.

뜨거운 감촉에 고개를 숙여보면 어느새 자신의 목젖에서 꾸물꾸물 선혈이 흘러내렸다.

 "이, 이건 현실이 아니야. 그, 그래, 이건 꿈일 뿐이다. 꿈일 뿐이라고."

 윤과 마주한 한 천외천 무인 하나가 전의를 상실한 채 기괴한 웃음을 흘리며 미친 듯이 중얼거렸다.

 그 순간,

 촤아아—!

 어김없이 그의 목젖이 갈라지며 선명한 피분수가 솟구쳤다.

 벌써 반 시진여가 숨 가쁘게 지났음에도 윤은 단 한숨도 쉴 틈이 없었다.

 정말이지 베고 또 베도 천외천 무인들은 끝도 없이 몰려들었다.

 마치 차륜전이라도 펼치듯 주요 인물들은 썰물처럼 빠진 채 애꿎은 수하들의 목숨만 거덜을 내고 있었다.

 그래도 다행인 점은 원치경이 철통같은 포위를 뚫고 유운객잔으로 들어갔다는 점이다.

 파아아—!

 자신의 목젖에서 끔찍하게 솟구치는 피분수를 보는 이들의 표정은 한결같았다.

 놀람, 경악, 그리고 두려움.

 "이, 이이……."

천외천 무인들은 쓰러지는 동료를 보고 울컥하는 분노가 솟구쳤다.

당장에라도 눈앞에 있는 윤의 심장에 검을 쑤셔 박고 싶었다.

하지만 안타깝게도 그들에게는 그럴 만한 용기가 생기질 않았다.

아니, 들고 있는 검이 후들후들 떨릴 정도로 머리칼이 쭈뼛 서는 공포에 먼저 나설 엄두조차 나질 않았다.

바로 천외천 무인들이 느끼는 공통된 심정이었다.

그 넓게 포진되어 있던 헤아리기도 벅찬 수많은 천외천 무인들이었지만, 윤의 용혈검에 의해 하나둘 소리없이 죽어간 수가 벌써 백오십이 훌쩍 넘어버렸다.

그런데 윤의 표정에서 지친 기색은 아예 그 흔적조차 찾아볼 수가 없었다.

그리고 그 모습에 남은 천외천의 무인들은 더욱 기가 죽을 수밖에 없었다.

쐐애애애액―!

그런 그들을 향해 윤이 신형을 크게 회전시키며 검붉은 용혈검을 사방으로 쓸어갔다.

그 검날에 또다시 목젖이 갈라지고 옆구리가 뭉뚝 베여 끈적끈적한 선혈이 바닥을 질퍽하게 적셨다.

'이, 이것을 믿으란 말인가.'

천외천의 전투 조직 천검대주 천욱은 두 눈으로 똑똑히 보고 있음에도 도저히 믿겨지지 않았다.

"하아······."

그 어떤 언어로도 설명이 불가할 것 같은 광란의 도륙에 천욱이 크게 탄식을 토해냈다.

"대, 대주!"

천검대의 부대주 양진호가 떨리는 음성으로 천욱을 찾았다.

그런 그의 얼굴이 심각하게 경직되어 있었다.

수하들의 숫자가 점점 줄어감에 수뇌들은 초조함에 몸 둘 바를 몰라 했다.

"팔방진을 펼쳐라!"

순간 천욱이 허공을 향해 일갈을 터뜨리며 윤을 향해 빛처럼 쏘아졌다.

"······."

싸움이 벌어지고 처음으로 찾아온 고요였다.

그 고요의 중앙에 윤이 용혈검을 길게 늘어뜨린 채 의연히 서 있었다.

그런 그의 전신으로 시뻘건 핏물이 주르륵 흘러내렸다.

긴 흑발이 이제는 검붉게 변해 있었고, 흩날리는 바람에 간간이 드러나는 그의 강렬한 안광 또한 왠지 모를 붉음으로 섬뜩함을 쏘아내고 있었다.

'천문의 영주라더니 정말 대단하구나.'

천욱이 기세를 끌어올리며 윤을 전신을 예리하게 훑었다.

'정말… 인정을 안 할 수가 없군.'

천욱이 중앙으로 한발 나서며 잔뜩 긴장한 채 내심 중얼거렸다.

"팔방진이라 하지."

남은 천외천 무인들이 윤을 빈틈없이 에워싸자 천욱이 말했다.

팔방진은 대적할 수 없는 고수를 상대하기 위해 천외천이 만든 그들만의 전투 진법이었다.

하지만 천욱은 내심 고개를 저을 수밖에 없었다.

아무리 팔방진이 절세의 합격진이라 하나 눈앞의 괴물에게는 무용지물이란 걸 본능적으로 느낄 수 있었던 까닭이다.

"수백 마리의 쥐가 덤빈다 한들 호랑이를 이길 수 있다 생각하나?"

윤이 더없이 싸늘한 눈초리로 천욱을 쏘아봤다.

그에 천욱의 등골로 오싹한 한기가 스며들었다.

그런 그를 향해 윤이 재차 입을 열었다.

"더구나 그 호랑이가 살생에 미친 호랑이라면?"

찌이이이잉―!

서늘한 검명이 울려 퍼졌다.

그리고 그 울음과 동시에 윤의 신형이 득달같이 한곳을 향해 쏘아졌다.

쐐애액―!

너무도 정직한 공격이었다.

그 무모한 모습에 순간 천욱의 머릿속으로 팔방진이 성공을 거둘 수도 있을 것이란 생각이 스쳤다.
 그런데,
 쩌어어엉-!
 무식할 정도로 정면만을 고집하는 윤의 거력에 한 무인이 슬쩍 신형을 뒤로 빼려던 찰나,
 쩌억-!
 무인의 몸뚱이가 사선으로 흉측하게 쩍 갈라져 버렸다.
 주르르륵-
 무인이 자신도 모르게 한 사발의 피를 토하며 무질서하게 쏟아지는 내장들을 움켜쥐었다.
 그리고 결코 믿을 수 없다는 듯 두 눈을 부릅뜬 채 윤을 바라보았다.
 그 순간,
 "충(充)!"
 전혀 예상치 못한 상황에 천욱이 허공을 향해 커다란 일갈을 내질렀다.
 그러자 그 일갈에 이선에서 대기하고 있던 한 무인이 잽싸게 진을 보강했다.
 "격(擊)!"
 또다시 터진 천욱의 일갈에 일사불란하게 움직이는 천외천의 무인들.
 그런 그들의 눈빛이 더욱 세차게 흔들렸다.

하지만 이제는 더 이상 물러설 수 없음을 알았음인가.

그들의 얼굴에 결연한 표정이 스쳤다.

그리고 수십 가닥의 은빛 광채가 윤을 향해 무서운 속도로 짓쳐들었다.

* * *

콰아앙!

유운객잔의 문짝이 괴성을 터뜨리며 박살이 나자 일순 혈투를 벌이던 사람들의 시선이 절로 정문을 향했다.

시뻘건 안광을 흩뿌리며 들어선 윤.

천외천 무인들의 쏟아낸 핏물과 그들과 격전을 치르면서 입은 수많은 상처로 인해 그는 이미 한 마리의 야수로 변해 있었다.

"……."

윤의 시선이 빠르게 장내를 쓸었다.

수많은 은영이 싸늘한 주검이 되어 바닥에 애처롭게 널브러져 있었다.

그나마 살아 있는 몇몇 은영들은 돌이킬 수 없는 치명상을 입은 채 검붉은 피를 온몸으로 토해내고 있었다.

그중에는 천문의 은영사주인 건유운 또한 포함되어 있었다.

그리고 여전히 검을 휘두르고 있지만, 전신에 상처를 입은 곽한 또한 쓰러지기 일보 직전의 모습을 하고 있었다.

그나마 제대로 버티고 있는 사람은 오직 은영삼주 원치경뿐이었다.

저벅—

윤이 느릿하게 걸음을 옮기자 핏물로 질퍽한 바닥이 출렁거렸다.

그리고 시공이 정지된 양 모든 이의 움직임이 거짓말처럼 멈춰 버렸다.

구우우우—

윤의 전신에서 뿜어지는 엄청난 기세에 이천이 잔뜩 긴장하여 천령들을 향해 눈짓을 주었다.

그러자 그의 눈빛을 받은 천령들이 바람처럼 움직여 윤을 포위했다.

사사삭—

"……."

윤이 걸음을 멈추곤 자신을 포위한 천령들을 좌우로 쓸어봤다.

"은영삼주, 유화를 부탁합니다."

윤이 아무런 감정도 느낄 수 없는 음성으로 무심하게 말을 했다.

자신을 향해 엄청난 살기를 피워내는 천령들은 눈에 보이지도 않는 듯 그의 행동은 태연자약했다.

"여, 영주!"

원치경이 머뭇거렸다.

한눈에 봐도 윤의 상태가 너무 안 좋아 보였던 까닭이다.

자칫 윤이 위험에 빠질 수도, 아니, 목숨을 잃을 수도 있는 상황이었다.

도주한 무유화의 안전이 큰 걱정이었지만, 원치경으로서는 쉽게 걸음을 뗄 수가 없었다.

그만큼 윤의 안위가 그에게는 중요했기 때문이다.

"천문의 영주로서 명하겠습니다. 유화를 지켜주십시오."

"은영삼주 원치경, 영주의 명을 받습니다."

그토록 망설이던 원치경이 윤의 명령이란 말에 간단한 예를 취하곤 바람처럼 장내를 벗어났다.

"후후후……. 천문의 영주라? 이거 생각하지도 못했던 월척을 잡게 생겼구나."

무시무시한 무위를 뿜내던 원치경이 사라지자, 이천이 이건 웬 떡인가 싶어 만족한 미소를 지었다.

천문의 영주만 잡을 수 있다면 이는 천문 전체를 제거한 것이나 진배없는 일이었다.

그럴진대 이천이 어찌 흥분을 아니할 수 있겠는가.

"부영주, 은영사주와 부상을 입은 은영들을 돌봐주십시오."

"존명!"

곽한이 짧게 복명을 하고 서둘러 부상자들을 돌보기 시작했다.

그 모습에 이천이 어이를 상실한 표정으로 입을 딱 벌렸다.

방금 전까지만 해도 생사가 오락가락하는 피 튀기는 상황이었는데, 윤이 등장하자마자 말도 안 되는 우스운 모습이 연출되었던 까닭이다.

한 놈은 싸우다 말고 뒤도 안 돌아보고 사라지지 않나, 또 한 놈은 자신들이 버젓이 눈앞에 있는데 천외천 인물들은 안중에도 없다는 양 부상자들만 돌보고 있으니, 이천으로서는 기가 찰 노릇이었던 것이다.

'허허! 이것들이 지금 뭐하자는 것인가?'

"장난이라면 너무 심하지 않은가?"

이천이 윤을 향해 한 발짝 다가서며 입을 열었다.

그 음성에 은근한 노기가 섞여 있었지만, 그의 얼굴에는 아주 만족스러운 표정이 떠올랐다.

어차피 윤만 잡을 수 있다면 다른 놈들이야 어떻게 되든 이제 아무런 상관이 없었기 때문이다.

"내가 바로 천문의 영주다. 지금부터 내가 너희들에게 벌을 내릴 것이다. 죽음의 벌을 말이다!"

쾌애애액―!

第六章 염부심, 오천의 길을 막다

수호무사

꽤 높지도 않았고 그렇다고 낮지도 않은, 아담하다 할 수 있는 절벽이 좌우로 길게 늘어져 있었다.
 대략 그 폭이 육 장여쯤 되는 협곡이었다.
 파파팟!
 그 협곡을 따라 천외천의 무인들이 빠른 속도로 내달리고 있었다.
 그리고 그들과 일정 거리를 두고 죽립을 깊이 눌러쓴 몇몇의 복면인들이 마치 그들을 뒤쫓는 양 빠른 경공을 펼치고 있었다.

 사사사삭―

가장 선두에 서서 질주를 하던 천외천 무인들이 일사불란하게 걸음을 멈추었다.

그 누구의 명령에 의해서가 아니라 협곡을 가로막고 있는 일단의 무리 때문이었다.

"……."

그들은 다름 아닌 각양각색의 복장을 하고 있는 유운객잔의 식솔들과 노적위였다.

그중 노적위와 한 명의 은영은 무리로부터 열댓 걸음 앞에서 천외천의 무인들과 대치하고 있었다.

그리고 나머지 은영들은 두 개의 열로 나뉘어 횡으로 죽 늘어서 있었다.

언뜻 봐도 협곡을 가로막은 모양새였다.

그것도 이중 삼중으로 진을 친 모습이었다.

"으음……."

그 모습에 천외천 무인들을 이끌던 오천의 표정이 사뭇 딱딱하게 굳어졌다.

그 기세로 보아 죽음까지 각오한 모습이었다.

특히 은영칠주에 버금가는 무위를 자랑하는 노적위의 기세는 상상 이상으로 거칠었다.

하지만 오천은 금세 평상시의 표정을 되찾았다.

여기서 조금 시간을 지연한다 하여 달라질 건 없었기 때문이다.

무공도 익히지 않은 무유화를 데리고 도주를 한다는 건 사실상 불가능했다.

그때, 오천의 귓속으로 노적위의 서늘한 음성이 파고들었다.

"내 허락 없이는 아무도 이곳을 통과하지 못한다. 나를 넘으려거든 그 목을 내놓아야 할 것이다."

노적위가 하얗게 날이 선 검을 뽑아 들며 으르렁거렸다.

"감히 천문의 은영 따위가 이 본좌에게 경고를 하는 것이더냐."

젊은 노적위의 건방진 행동에 오천이 사뭇 노한 표정을 지었다.

"네놈의 두 눈에는 나 오천이 보이지도 않는단 말이냐!"

오천의 음성에 무한한 자신감이 묻어났다.

사실 오천의 태도는 이상할 것이 없었다.

천문의 은영들이 아무리 대단하다 하나 그들이 감히 오천을 꺾을 수는 없었기 때문이다.

더구나 그 수도 오히려 천외천 무사들이 많은 이 상황에서는 더 이상 말을 할 필요도 없는 일이었다.

"그대가 오천이든 천외천의 천주이든, 내 눈에 보이는 것은 오직 베어야 할 적뿐이다."

노적위의 두 눈에서 소름이 돋을 만큼 살기가 강렬하게 폭사되었다.

"뭐라……?"

기가 막혀 오천은 그만 말문이 막혀 버렸다.

그런 그에게 노적위의 옆에 서 있던 은영이 허연 이를 드러내며 입을 열었다.

"저 늙은이가 오천이란 말이지. 후후, 늙은이, 나랑 한번 붙어봅시다."

사내의 입에서 마치 여인의 것처럼 꽤나 맑은 음성이 튀어나왔다.

하지만 그 음성에 죽음을 각오한 독기가 풀풀 넘쳐흐르고 있었다.

"끌끌끌, 이놈들이 아주 뒈지려고 환장을 했구나. 아무래도 제정신을 가진 놈들이 아닌가 보구나.

오천의 목소리는 크지 않았지만, 내력이 담긴 노성이 협곡의 공기를 무겁게 짓눌렀다.

'가히 그 기백 하나만큼은 높이 살 만하구나.'

하지만 오천은 자신의 정체를 알았음에도 한 점 흔들림없는 태도를 보이는 은영들에게 내심 감탄을 터뜨렸다.

"고작 그 인원으로 우리를 막을 수 있다 생각하느냐? 길을 터준다면 목숨은 부지할 수 있을 것이다."

"내가 한 말 못 들었나? 이곳을 넘고 싶거든 그 목을 내놓고 넘어가라."

노적위가 오천의 두 눈을 뚫어지게 쏘아보며 대꾸했다.

"건방진!"

그에 오천의 얼굴이 순식간에 시뻘겋게 달아올랐다.

그 기백이 가상하여 자비를 베풀려 했건만, 오히려 돌아온

건 싸늘한 비웃음뿐이었던 까닭이다.

사삭—

그때 오천이 손가락을 까딱거리자 천외천의 무인들이 신속한 동작으로 오천을 스쳐 은영들과 대치했다.

"한 놈도 살려두지 마라! 쳐라!"

파팟!

'령령, 아가씨를 부탁한다.'

"모조리 씹어주마!"

무서운 기세로 달려드는 천외천 무인들을 향해 노적위가 일갈을 내지른 후 그들을 향해 달려들었다.

"건방진 은영 놈들!"

노적위의 일갈에 제일 앞서 달리던 천외천 무인 한 명이 싸늘한 웃음을 흘리곤 번개처럼 검을 휘둘렀다.

그 순간 그의 뒤를 따르던 천외천 무인들이 그를 뛰어넘어 협곡을 막고 있는 은영들을 향해 짓쳐들었다.

파팟—!

일 보에 삼사 장을 내딛는 그들의 경공에 서로의 거리가 순식간에 사라졌다.

쐐애애애액—!

노적위의 검에서 뿜어진 섬뜩한 기운이 찢어질 듯 날카로운 파공음을 내며 허공을 갈랐다.

파아앗—!

염부심, 오천의 길을 막다

그저 허공을 갈랐을 뿐인데, 그 순간 한 천외천 무인의 가슴팍에서 시뻘건 핏물이 터져 나왔다.

과연 은영칠주에 버금갈 만한 놀라운 쾌검이었다.

"크으으……."

뒤로 주춤 물러서며 폭포처럼 뿜어지는 핏물을 막는 천외천 무인의 입에서 고통스런 신음성이 흘렀다.

천외천 무인은 결코 방심하지 않았다.

노적위의 기세가 너무도 강력해 처음부터 전력을 다했던 그다.

그리고 상대의 검을 완벽히 막았다 생각하던 순간 놀랍게도 그의 가슴팍이 쩍 벌어졌던 것이다.

"어, 어찌……."

그 놀라운 모습에 천외천 무인들이 순간적으로 주춤거렸다.

그 순간, 눈 깜짝할 새 한 사람을 저승으로 보낸 노적위가 재차 천외천 무인들을 쓸어갔다.

"쳐라!"

그 순간 일갈이 허공을 울렸고, 노적위를 죽이기 위해 사방에서 예닐곱의 천외천 무인이 그의 전신 요혈을 노리며 달려들기 시작했다.

깡!

순식간에 아수라장으로 변해 버린 협곡 내에 고막을 찢을 듯 예리한 금속성이 끔찍한 형상으로 터져 나왔다.

츄아아악―!

섬뜩한 살기를 동반한 노적위의 검 끝에 또 한 명의 천외천 무인이 속절없이 무너져 내렸다.

 죽여도 죽여도 노적위의 검은 애달픈 곡조를 울리며 뜨거운 피를 갈구했다.

 절로 구토가 솟구칠 정도로 역겨운 피비린내가 확 풍겼지만, 그럴수록 그의 검은 더욱 잔혹한 떨림으로 천외천 무인들의 심장을 갈랐다.

 '그 무위가 실로 놀랍구나!'

 오천의 표정이 잔뜩 일그러졌다.

 금방 끝날 싸움이 생각했는데 오히려 천외천의 무인들이 밀리고 있었던 까닭이다.

 한낱 은영들과 검을 섞기는 싫었으나 오천은 어쩔 수 없이 검을 뽑아 들었다.

 "길을 열어라!"

 막강한 공력을 실은 오천의 음성이 터지기가 무섭게 협곡이 웅웅 소리를 내며 커다란 요동을 쳤다.

 오천의 개입으로 싸움은 급속도로 천외천 쪽으로 기울기 시작했다.

 그의 검이 닿는 곳곳에는 어김없이 핏물이 튀어 올랐고, 그럴수록 가뜩이나 부족한 은영들이 속절없이 죽어갔다.

 한편 그 시각, 협곡의 먼 끝자락에 몸을 숨긴 염부심과 그를 따르는 동료들이 전장의 상황을 예리하게 지켜봤다.

"그냥 다 쓸어버리고 가면 될 것을 뭘 그리 고민을 하는 건가?"

구자정이 답답하다는 듯 말을 했다.

"상대는 오천이다. 조심해서 나쁠 건 없다."

염부심의 표정은 시종일관 담담했다.

물론 구자정의 말처럼 모두를 쓸어버리면 그만이다.

자신과 옆 동료들은 충분히 그럴 만한 능력을 갖추고 있었기 때문이다.

하지만 아무런 상처도 입지 않은 오천을 꺾기 위해선 염부심 측도 어느 정도 피해를 감수해야만 했다.

그만큼 오천은 위험한 인물이었다.

염부심은 그런 사실이 싫었을 뿐이다.

"이러다 무유화를 놓치기라도 한다면 계획이 틀어질 수도 있다."

구자정이 계속 고집을 피웠다.

"천주는 결코 무유화의 화령지체를 얻지 못할 것이다."

"그걸 어찌 그리 확신할 수 있단 말인가?"

구자정이 의심 어린 눈초리로 물었다.

"천주가 화령지체를 얻기 전에 그는 우리 손에 죽을 것이기 때문이다."

천외천을 집어삼키려는 염부심.

그의 입가에는 확신에 찬 미소가 떠올랐다.

"내상을 완전히 치유하지 못했다 하나 천주는 결코 쉬운 상대가 아니란 걸 모르는가?"

염부심과 같은 해에 천령으로 출관한 차광택이 더없이 진지한 표정으로 말을 했다.

"그럼 어쩔 것인가? 시간을 끌면 끌수록 불리해지는 쪽은 우리란 걸 모르는가? 오늘 안에 일천을 제외한 전대 천령 모두가 죽을 것이다. 이것이야말로 하늘이 우리에게 내린 선물이 아니겠나."

양석이 대끔 끼어들며 말을 했다.

"일리가 있는 말이야. 제아무리 천주라 하나 이빨 빠진 호랑이는 늑대에게 잡아먹히는 법이지. 후후……. 암습하기에 이처럼 좋은 기회가 또 어디 있단 말인가. 물론 일천이 마음에 걸리기는 하지만."

양석의 말에 구자정이 맞장구를 쳤다.

"그래도 대공자의 지위를 먼저 차지하는 것이 우선이다. 그 후 세력을 포섭한 후 움직여야 뒤탈이 없을 것이다."

차광택의 말도 지극히 옳았기에 염부심이 고개를 끄덕였다.

"어쨌든 무유화만 우리 손에 넣을 수 있다면 암살이든 세력 포섭이든 천외천은 곧 우리 수중에 떨어질 것이다."

* * *

쿠콰쾅!

젊은 천령 하나가 윤이 뻗어낸 좌장에 얻어맞곤 시뻘건 피를 뿜어내며 두꺼운 벽에 그대로 처박혔다.

구오오오-!

윤의 전신으로 섬뜩한 기세가 넘실거렸다.

시간이 지날수록 더욱더 강해지는 그의 기운.

그 모습에 이천은 물론이고 사천과 젊은 천령들이 놀란 기색을 감추지 못했다.

'어, 어찌!'

이천이 자신도 모르게 입을 쩍 벌렸다.

윤의 전신에서 거칠게 뿜어져 나오는 기운이 너무도 막강하고 섬뜩했던 까닭이다.

"저, 전력을 다해야 할 것이다!"

이천이 다급하게 일갈을 내질렀다.

하지만 전력을 다한다 하여 과연 저 괴물을 제거할 수 있을까 하고 이천은 문득 의문이 들었다.

그토록 강인한 무위를 뿜내던 천령들이 윤에 의해 벌써 세 명이 나가떨어진 상태다.

죽었는지 살았는지 바닥에 널브러진 그들은 지금껏 요동조차 없었다.

그뿐만이 아니었다.

은영들과의 사투로 부상을 입고 있던 사천과 남은 천령들의 상태는 윤과 접전을 벌이며 더욱 그 상태가 악화되어 있었던 것이다.

그렇다고 이천 자신의 상황이 그리 좋은 것도 아니었다.
 운신에 지장은 없지만 그 또한 꽤 많은 부상을 입어 많은 피를 흘린 터였다.
 '한낱 인간의 몸일진대, 어찌 저 상태로 검을 휘두를 수 있단 말인가! 천문의 영주가 초인이라도 된다는 말인가!'
 윤의 전신은 수많은 상처로 인해 걸레처럼 너덜너덜 찢겨져 있었다.
 당장 바닥에 꼬꾸라져도 하등 이상할 것이 없는 모습이었다.
 그런데 군건했다.
 아니, 오히려 더욱 강한 기운을 뿜어내고 있었다.
 이천은 그것이 좀처럼 납득이 되질 않았던 것이다.
 "흥!"
 윤의 입가에 싸늘한 미소가 걸렸다.
 우우우웅—!
 또다시 귀기 어린 검명을 떨쳐내는 용혈검.
 쾌애애액—!
 용혈검이 빛처럼 빠른 속도로 이천을 향해 쏘아졌다.
 그에 이천이 급박하게 보법을 밟으며 그의 검을 피해내곤 윤의 허점을 파고들었다.
 비록 미세한 빈틈이었으나, 이천과 같은 절대고수가 그 빈틈을 놓칠 리 없었다.
 우우우웅—!

이천이 느릿하게 뻗어낸 좌장에서 강력한 기운이 뻗쳐 나와 윤의 복부로 짓쳐들었다.
 그런 이천의 표정에 득의만만한 미소가 걸렸다.
 이 공격이 적중한다면 윤이 아무리 천문의 영주라고는 하나 돌이킬 수 없는 내상을 얻을 수밖에 없었기 때문이다.
 그런데 그 순간,
 패애앵—!
 이천의 공격이 복부에 틀어박히려는 찰나, 윤의 신형이 번개처럼 회전을 일으켰다.
 치치칙—!
 살이 긁히며 타들어가는 소음이 울렸다.
 이천의 공격으로 윤의 옆구리에서 매캐한 냄새를 머금은 뿌연 연기가 피어올랐다.
 이천의 공격을 흘렸으나 완벽하게 피하지 못해 윤의 몸뚱이에 적지 않은 부상이 또다시 덧 튄 것이다.
 쐐애애액—!
 '이크!'
 자신의 목을 베려 짓쳐든 용혈검을 가까스로 피해내며 이천이 가슴을 쓸어내렸다.
 '자칫 목이 달아날 뻔했구나!'
 이천의 등골로 소름이 쫙 돋아났다.
 하지만 머뭇거릴 여유가 없었다.
 상처 입은 윤의 용혈검이 이천의 전신 요혈을 노리며 정신없이 짓쳐들었기 때문이다.

챙!

그때 이천의 위급함을 느낀 젊은 천령 하나가 윤의 등을 향해 긴 검을 쑤셔 넣었다.

등에 눈이 달리지 않은 이상 그대로 등이 뚫릴 절체절명의 상황이었다.

하지만 젊은 천령은 자신의 공격이 통용되지 않을 것을 본능적으로 느낄 수 있었다.

지금껏 윤의 빈틈으로 헤아릴 수 없이 많은 공격을 퍼부었지만 그 모두가 허사였던 까닭이다.

휘익—

윤이 신형을 살짝 비틀어 몇 걸음 물러서자, 역시나 이번에도 젊은 천령의 공격은 무위로 그치고 말았다.

하지만 그의 공격으로 인해 이천은 다급한 상황을 가까스로 피해 한숨을 돌릴 수 있었다.

"……."

몇 걸음 물러난 윤이 자신을 노려보는 네 명의 사내를 무심히 쓸어봤다.

시야가 조금씩 흐려지고 있었다.

아니, 벌써 이전부터 그의 두 눈에는 모든 사물들이 희뿌옇게 보였다.

이천이 생각하기에는 윤이 초인처럼 보일지는 모르지만 그는 초인은 아니었다.

그도 다른 사람들처럼 지쳐 가고 있었다.

윤이 지금껏 초인처럼 버틸 수 있었던 것은 그의 몸속에 내재되어 있는 천살성의 기운 덕택이었다.

하지만 그 기운마저도 점점 약해지고 있었다.

'일각!'

윤이 내심 짤막하게 중얼거렸다.

길어봐야 자신이 버틸 수 있는 시간은 일각 정도였다.

무슨 수를 쓰더라도 그 일각 안에 모든 싸움을 종결지어야만 했다.

*   *   *

협곡을 한참 벗어난 거리.

하지만 령령은 안심을 할 수가 없었다.

상대는 오천이 이끄는 천외천의 무인들이었다.

오천 한 명도 벅찬 상황이지만 수십 명의 천외천 무인이라니.

하지만 안타깝게도 령령은 더 이상 움직일 수가 없었다.

내력이라곤 전무한 무유화의 체력이 바닥으로 떨어졌기 때문이다.

"어, 언니, 전 괜찮아요."

이대로 멈추면 안 된다는 것을 무유화 또한 모를 리 없었다.

하지만 자신의 의지와 상관없이 무유화의 신형은 점점 무너져 내리고 있었다.

"좀 쉬었다 가요."

기를 쓰고 일어서려는 무유화의 모습에 령령의 눈가에 안타까움이 어렸다.

"저, 전 정말 괘, 괜찮아요, 언니."

기어코 일어선 무유화가 연신 가쁜 숨을 몰아쉬었다.

무유화는 자신을 지켜주기 위해 목숨을 내건 은영들을 위해서라도 멈출 수가 없었다.

그들에게 너무도 미안했다.

자신이 대관절 무엇이기에 그 소중한 목숨까지 버리려 한단 말인가.

"더 이상 무리를 하신다면 오히려 이동이 늦어질 거예요. 근처에서 은신할 곳을 찾아 잠시 쉬는 것이 나을 듯합니다. 꽤나 먼 거리를 왔으니 조금이나마 여유가 있을 거예요. 그러니 너무 걱정은 하지 마세요."

령령이 편안한 음성으로 설득하자 무유화가 결국엔 고개를 끄덕였다.

령령의 말이 틀린 것이 하나도 없었기 때문이다.

정말 지금의 무유화는 움직일 만한 한 올의 기력도 존재하지 않았다.

야산을 택해 도주를 한 덕에 그나마 발각이 될 우려가 덜한 은신처를 찾은 령령이 무유화를 편한 자세로 눕히곤 피로가 빨리 풀리도록 추궁과혈을 실시했다.

하지만 령령은 좀처럼 집중을 할 수가 없었다.

그녀의 가슴 깊은 한편에 자리한 노적위에 대한 걱정 때문이었다.

"언니, 미안해요."

지금껏 잘 참았던 무유화의 두 볼로 가느다란 눈물 자국이 새겨졌다.

그 모습에 령령이 아차 싶어 곧바로 입을 열었다.

"아가씨, 그것이 무슨 말씀이세요. 미안하다니요. 그런 말씀 마세요."

령령이 계속해서 달랬지만 무유화의 미안함은 좀처럼 수그러들지 않았다.

그렇게 얼마간 휴식을 취하자 무유화가 제법 상쾌해진 몸을 일으키곤 다시금 길을 재촉했다.

툭—

무유화와 함께 산길을 헤쳐 나가던 령령의 표정이 딱딱하게 굳어졌다.

멀지 않은 곳에서 인기척이 느껴졌기 때문이다.

"아가씨, 지금부터 제 말 잘 들으셔야 합니다."

령령이 다급하게 입을 열었다.

그 모습에 무유화가 사태의 심각성을 파악하고는 연신 고개를 끄덕였다.

령령의 말은 길지 않았다.

그리고 무유화가 충분히 알아들을 수 있는 이야기였다.

계속 도주하라는 말이 그리 어려운 말은 아니었기 때문이다.

하지만 무유화는 좀처럼 걸음을 뗄 수가 없었다.

령령마저도 목숨을 버리려 하는 것이 너무도 미안했기 때문이다.

그렇다고 자신이 계속 령령의 곁에 머물게 되면 방해만 될 것이란 사실도 알고 있었다.

그런데,

"아서라. 더 이상 도망갈 곳은 없느니라."

너무도 빠르게 그 모습을 드러낸 오천이 무유화와 령령을 번갈아 바라봤다.

"어차피 잡힐 것을 무에 그리 고생을 했더란 말이냐. 천문의 놈들이 지독한 건 알고 있었지만 정말 그토록 독할 줄이야."

오천의 머릿속으로 순간 눈에 핏발을 세우며 발악하던 노적위의 모습이 떠올랐다.

"네가 무유화더냐?"

오천이 령령의 뒤편에 서 있는 무유화를 넘겨보며 물었다.

"그래요. 내가 바로 무유화예요."

무유화가 주눅 들지 않고 앙칼지게 대꾸했다.

그 모습에 오천의 두 눈에 이채가 발했다.

염부심, 오천의 길을 막다 179

'오호라! 겁에 질려 벌벌 떨 줄 알았는데 제법 강단이 있구나.'

"너 하나로 인하여 참 많은 사람이 죽었구나. 순순히 나를 따라간다면 저 아이는 살려줄 수도 있다. 어찌하겠느냐?"

"헛소리 말아라!"

오천의 말에 령령이 앙칼진 음성을 토해냈다.

"언니……."

그때 무유화가 령령의 옆구리 옷깃을 슬쩍 잡아당겼다.

"아, 아가씨! 안 돼요! 절대 그럴 수 없어요!"

무유화가 지금 무엇을 하려는지 모를 리 없는 령령이 발악하듯 소리쳤다.

챙!

"간사한 혓바닥으로 감히 아가씨를 농락하려 드느냐!"

"허허! 독한 년이로고."

령령이 검을 허공에 떨쳐내고 무유화를 막아서며 오천을 향해 살기를 쏘아냈다.

그러자 오천의 입에서 절로 헛웃음이 터져 나왔다.

"어찌 자비를 베풀어도 모두가 죽음을 택한단 말인가! 어리석구나!"

휘이익—

오천이 말을 내뱉기가 무섭게 령령을 향해 달려들었다.

그 걸음이 느리기 그지없었지만 령령은 감히 피할 엄두가 나질 않았다.

엄청난 기운이 령령의 주위를 휘어 감으며 그녀를 바짝 옭죄었기 때문이다.

쐐애액—

령령이 어금니를 꽈득 깨물곤 한없이 느리게 다가오는 오천을 향해 달려들며 일 검을 내려쳤다.

꽈아앙—!

령령의 검신에서 희끗한 검광이 일렁이는가 싶더니 엄청난 폭발음이 사방을 떨쳐 울렸다.

쿠다당—!

령령이 오천의 힘을 이기지 못해 무서운 속도로 튕겨 나가 땅 위에 푹 처박혔다.

"쿨럭!"

힘겹게 신형을 일으키는 령령의 입에서 검게 죽은 핏물이 왈칵 쏟아졌다.

단 일 수에 오천과 령령의 실력 차가 확연히 드러나는 순간이었다.

"어, 언니!"

무유화가 비틀거리며 일어서는 령령에게로 달려가며 소리쳤다.

그런 그녀의 두 눈이 붉게 충혈되어 있었다.

"그, 그만! 제발 그만해요! 당신을 따르겠어요. 그러니 제발 그만하란 말이에요!"

무유화가 오천의 두 눈을 죽일 듯 노려봤다.

"아, 안 돼요. 아, 아가씨……. 무, 물러서세요."

령령이 비틀거리는 와중에도 무유화를 자신의 뒤편으로 세우려 노력했다.

그 모습에 오천의 마음에 사뭇 연민의 감정이 끓어올랐다.

하지만 이내 사사로운 감정을 지워 버린 오천이 입을 열었다.

"기회는 한 번이면 족하다. 어차피 죽을 운명! 시간이 무슨 문제가 되겠느냐."

오천이 령령을 향해 걸음을 옮겼다.

그런데 그때였다.

"그렇지요. 어차피 죽을 운명이겠지요."

새처럼 허공을 날 듯 달려온 염부심이 장내에 내려서며 피식 웃음을 흘렸다.

그리고 염부심의 뒤를 따라 차례로 그의 동료들이 들어섰다.

그에 천외천 무인들이 황당한 표정으로 그들을 바라봤다.

당연히 무유화의 두 눈에도 커다란 놀람이 깃들었다.

"네가 여긴 어쩐 일이더냐?"

오천이 당황하여 물었다.

철혈무가에 있어야 할 염부심이 이곳에 올 리는 만무했기 때문이다.

"방금 전에 말씀을 드린 것으로 아는데요."

염부심의 얼굴에는 시종일관 미소가 가득했다.

"……?"

순간 오천이 미간을 잔뜩 찡그렸다.

염부심의 태도에 무언가 심상치 않은 느낌을 받은 까닭이었다.

의당 오천인 자신을 봤다면 고개부터 조아리는 것이 옳은데 그의 태도가 너무도 뻣뻣하기만 했다.

이는 죽음을 면치 못하는 하극상이나 진배없는 일이었다.

"의도한 바가 있는 것이로구나?"

오천이 사뭇 노한 표정으로 중얼거렸다.

"죄송한 말씀이지만 그렇다고 볼 수 있지요. 하여 이렇게 무례를 범하게 되었습니다."

"배신이라도 할 작정인 게냐?"

"후후후……."

염부심은 굳이 대답하지 않았다.

"그런 게냐?"

하지만 오천은 염부심의 대답을 반드시 듣고 싶었다.

"배신이라……. 배신이라기보다는 개혁이라는 말이 더 어울리지 않을까 싶습니다."

"노오오옴!"

순간 오천의 전신으로 엄청난 살기가 뿜어져 나왔다.

그 기운에 숨이 턱 막힐 정도였다.

하지만 염부심의 태도는 여유롭기만 했다

"구명의 은혜까지 입은 네놈이 감히 천외천을 배신하려 드느냐? 그러고도 네놈이 살 수 있을 것 같더냐!"

바람 한 점 없는 산중이건만 오천의 의복이 거칠게 펄럭였다.

그런 그를 향해 염부심이 피식 미소를 짓곤 천외천의 무인들을 향해 입을 열었다.

"나를 따르면 영광을 얻을 것이고, 그렇지 않으면 죽음을 면치 못할 것이다."

염부심의 음성에 순간 천외천 무인들이 곤혹스런 표정을 지었다.

하지만 그것도 잠시,

챙!

천외천 무인들의 생각은 모두 동일했다.

오천처럼 그들 또한 배신자 염부심을 용서할 수가 없었던 것이다.

"흥! 어리석은 놈들!"

염부심이 그런 그들을 한껏 비웃고는 오천을 싸늘하게 바라봤다.

"후후후, 어디 죽일 수 있다면 죽여 보십시오. 역천을 이겨낸 절맥지체를 과연 오천께서 감당을 하실 수 있을까 의문입니다."

"염부심, 네놈이 정녕 미친 게로구나."

"싸움은 입으로 하는 것이 아니질 않습니까? 곧 날도 밝을 터인데……."

"노옴!"

쿠구구구구—!

진노한 오천이 막대한 공력을 끌어올리자, 지축이 뒤흔들린다는 착각이 들었다.

第七章 운, 철혈문가로 향하다

수호무사

약초 향이 자욱한 내실.

침상에 시체처럼 누워 있는 윤을 바라보는 곽한의 얼굴에 근심이 가득했다.

고비는 가까스로 넘겼다지만, 윤의 상태는 여전히 생사의 기로 사이를 오가고 있었다.

"영주, 이겨내셔야 합니다."

곽한이 차갑게 식은 윤의 손을 꼭 잡고 간절한 마음으로 중얼거렸다.

"영주께서는?"

그때 하얗게 질린 낯빛의 건유운이 노송의 부축을 받으며 들어서서 물었다.

"아직 거동을 하면 안 된다고 일렀거늘."

곽한이 짐짓 노한 표정으로 노송을 바라봤다.

그에 노송의 두 어깨가 절로 움츠러들었다.

"그, 그게……."

노송이 곽한의 기세에 질려 말을 더듬거렸다.

"제가 우긴 것입니다. 노송아, 너는 그만 가서 일 보거라. 당분간 네가 고생이 많겠구나."

"객잔주님, 고생이라니요. 객잔 일은 걱정일랑 마시고 얼른 건강을 되찾으십시오. 제발요."

노송의 두 눈에서 금방이라도 눈물이 뚝뚝 떨어질 것만 같았다.

그런 그를 향해 건유운이 실낱같은 미소를 지어 보였다.

"걱정 말거라. 곧 예전의 모습을 되찾을 것이니 말이다."

건유운이 노송의 걱정을 덜어주자, 그제야 노송이 허리를 깊숙이 숙이곤 내실을 빠져나갔다.

'영주…….'

건유운이 침상 곁으로 다가와 윤을 내려다봤다.

그런 그의 얼굴이 침통함에 젖어들었다.

"어떻습니까?"

"다행히 고비는 넘겼지만 상처가 너무 중하구나. 몸은 어떤가?"

"괜찮습니다."

괜찮다고 대꾸는 했지만 건유운의 상태가 결코 좋을 리 없었다.

숨을 쉴 때마다 폐부를 찌르는 듯 고통이 밀려왔고, 서 있는 자체만으로도 현기증이 몰려들었다.

"무리하지 마라. 하루라도 빨리 회복하는 것이 영주와 천문을 위하는 길이다."

"예, 명심하겠습니다."

건유운도 모르는 바가 아니었기에 고개를 끄덕였다.

그런 그가 곧바로 입을 열었다.

"유운객잔이 위험에 노출된 이상, 영주를 이곳에 머물게 할 수는 없습니다."

"알고 있다. 이미 전갈을 띄웠으니 조만간 천문에서 은영들이 도착할 것이다. 호위대를 구성하는 즉시 길을 나설 것이니 너무 걱정은 말거라."

"아가씨의 행방은 아직도 오리무중입니까?"

건유운의 물음에 곽한이 무겁게 고개를 끄덕였다.

"큰일이군요."

"행방을 계속 추적하고 있다 하니 우선은 기다려 보도록 하지. 은영삼주를 믿는 수밖에……."

달리 할 말이 없는 곽한이 말끝을 흐렸다.

* * *

한적한 곳에 위치한 객잔을 통째로 빌린 염부심이 찻잔에

찻물을 조심스럽게 따랐다.

"마음이 좀 진정이 될 겁니다."

염부심이 한기가 풀풀 피어나는 무유화의 두 눈을 지그시 바라보며 말을 했다.

"내게 이러는 이유가 무엇이죠?"

무유화가 앙칼진 음성으로 물었다.

요즘 일어난 일련의 일들에 대한 자세한 내막은 모르지만, 무유화는 대략적인 상황은 알고 있었다.

윤이 어느 정도 그녀에게 이야기를 해준 까닭이었다.

그리고 천외천이 무엇을 하는 곳인지는 몰랐지만, 염부심의 그곳과 연관이 있다는 것 또한 알고 있었던 것이다.

그렇기에 무유화는 염부심이 동료라고 할 수 있는 천외천의 무인들을 죽이고 자신을 구해준 의도가 궁금했던 것이다.

"후후, 고마워할 줄 알았는데 왠지 추궁을 당하는 느낌이군요."

"내가 고맙다는 인사를 하기를 기대했나요? 그렇다면 말해 드리죠. 고맙군요. 이렇게 절 구해주셔서."

그 말과 달리 무유화의 표정은 얼음장처럼 차가울 뿐이었다.

"후후후……."

무유화의 싸늘한 반응에 염부심의 입가에 씁쓸한 미소가 매달렸다.

그녀의 냉대를 이해 못하는 것은 아니지만, 그래도 왠지 모를 서운함이 밀려들었다.

무유화의 마음이 결코 열리지 않을 것이란 사실을 알고 있으면서도, 염부심의 마음은 여전히 무유화를 향하고 있었던 것이다.

"아가씨께서 저들의 손에 죽는 걸 볼 수가 없었기 때문입니다. 믿으실지 모르겠지만 진심입니다."

염부심이 찻잔을 만지작거리며 말을 했다.

그 음성에 힘이 느껴지지 않았다.

무유가 그의 마음을 모를 리 없었다.

해바라기처럼 언제나 자신을 바라보던 염부심이다.

절맥지체의 부작용으로 인해 악에 받친 행동을 보이기도 했지만, 그의 진심이 어떤지 무유화는 너무도 잘 알고 있었다.

하지만 아무리 그래도 무유화는 염부심을 향해 좀처럼 따듯한 표정을 지을 수가 없었다.

같이 걸어갈 수 없는 사이가 되어버린 지 오래였던 까닭이다.

그것이 염부심이 의도한 바가 아닐지라도 이미 엎질러진 물이었던 것이다.

"당분간 안전할 때까지 제가 모시겠습니다. 불편하시더라도 제 말을 좀 따라주셨으면 합니다."

"보내주세요. 제가 머물 곳은 당신이 있는 곳이 아님을 아시잖아요."

무유화가 다소 누그러진 음성으로 부탁했다.

하지만 염부심은 고개만 저을 뿐이었다.

"지금의 상황에서 아가씨를 지켜줄 수 있는 사람은 오직 저뿐입니다. 아가씨의 안전이 보장되면 그때 보내드리겠습니다. 그리고 아가씨를 모시던 령령이란 소저는 치료를 마치는 대로 곧 보내드릴 터이니 너무 걱정은 마십시오."

"고마워요. 언니를 구해주셔서……."

이는 무유화의 진심이었다.

"……."

갑자기 어색한 침묵이 찾아들었다.

무유화가 한참 망설이다 입을 열었다.

"노 무사님께서는 어찌 되셨나요?"

무유화의 물음에 염부심이 고개를 가로저었다.

"……."

무유화의 고개가 절로 숙여졌다.

그런 그녀의 두 눈에 미안함이 진하게 배인 눈물이 맺히기 시작했다.

*   *   *

수하가 전한 보고를 듣던 노자군의 두 눈이 파르르 경련을 일으켰다.

그리고 이내 그의 얼굴이 놀람과 분노로 당장에라도 폭발할 듯 부들부들 떨렸다.

"……."

심기가 바다와 같이 깊은 노자군의 전신으로 엄청난 살기가 폭사될 만큼 너무도 충격적인 보고였다.

"그, 그것이 정녕 사실이더냐?"

수하가 거짓을 보고할 리 없건만, 노자군은 도저히 믿을 수 없다는 표정이었다.

"그, 그렇습니다, 처, 천주."

수하가 당장에라도 오열을 터뜨릴 표정으로 고개를 푹 떨어뜨렸다.

'이럴 수가……'

노자군의 머릿속이 순간 하얗게 비어버렸다.

결국 또 윤에 의해 유운객잔으로 향했던 천외천의 정예들이 전멸에 가까운 타격을 입은 것이다.

"오천에게서 날아온 전서구는 없는 것이더냐?"

노자군이 애써 침착함을 되찾곤 물었다.

"그, 그것이……."

"지금 당장 추적대를 편성하여 오천과 무유화의 행방을 찾아라. 물러가라."

노자군이 만사가 귀찮다는 듯 손을 휘휘 저었다.

그에 수하가 황급히 대전에서 사라졌다.

"천주……."

전대 천령 중 유일하게 천외천 본진에 남아 있는 일천이 조심스럽게 입을 열었다.

그러자 노자군이 한 올 힘도 느껴지지 않는 눈동자로 그를 바라봤다.

"제가 나서겠습니다."

"일천……."

"하명하십시오, 천주."

"과연 어디서부터 잘못된 것이란 말이오?"

"으음……."

일천이 침통한 표정으로 신음성을 내뱉었다.

어지간해서는 표정 하나 변하지 않는 그이건만.

"천주……. 그들 또한 심각한 타격을 입었을 터, 천주와 제가 있는 한 천외천은 여전히 건재합니다. 속하가 천문 영주의 목을 가져오겠습니다. 허락하여 주십시오."

"아니, 그러실 필요없습니다."

노자군이 딱 잘라 말을 했다.

그런 그의 두 눈이 갑자기 화마처럼 붉게 타올랐다.

"일천을 못 믿어서가 아닙니다. 이 몸이 아무래도 직접 나서야 할 듯싶군요."

"천주, 아니 될 말씀입니다. 천주께서는 아직……."

일천이 뒷말을 흐렸다.

하지만 노자군은 그가 무엇을 걱정하는지 알고 있었다.

"내 비록 완전한 몸은 아니나 더 이상 이 상황을 좌시할 수는 없구려."

"천주……."

"너무 걱정 마시오. 일천께서 절 지켜주시면 될 것이 아닙니까."

"으음."

일천의 얼굴에는 여전히 걱정이 가득했다.

노자군을 못 믿는 것은 아니지만, 그의 마음 한구석으로 괜한 불안함이 자꾸만 솟구쳤다.

노자군은 일천이 왜 저리 걱정스런 표정을 짓고 있는지 잘 알고 있었다.

윤, 바로 천문의 영주 때문이었다.

애송이인 줄 알았던 그가 무진강의 진전을 이었다는 사실이 알려진 순간, 윤은 이미 커다란 위험을 내포한 존재가 되어버렸다.

그래서 일천은 그런 그의 존재가 너무도 부담스러웠던 것이다.

노자군 또한 부담이기는 마찬가지였다.

그만큼 무진강이 노자군과 일천에게 보여준 무위는 엄청났던 것이다.

* * *

나른한 오후.

말끔하게 정리된 객실로 햇볕이 스며들었다.

"……."

창밖을 바라보는 원치경의 얼굴에 수심이 가득했다.

무유화의 행방을 끝내 찾지 못해 마음이 무거웠던 까닭이다.

'도대체 누구의 소행이란 말인가!'

원치경의 어두운 얼굴에 의문이 솟구쳤다.

무유화를 납치하려고 했던 자는 분명 천외천의 오천 무리였는데, 그녀의 행방을 뒤쫓던 도중 그들의 시체를 발견했기 때문이다.

'누구일까?'

원치경은 오천의 무리를 제거한 제삼의 존재가 누구인지 좀처럼 감을 잡을 수 없었다.

백도련과 삼합회를 비롯해 몇몇 조직들이 떠올랐지만, 이내 고개를 가로젓는 원치경이었다.

천외천의 오천을 쓰러뜨렸다는 것은 경시할 수 없는 고수라는 의미였다.

어쩌면 천하팔검과 어깨를 견줄 수 있을 만큼의 고수였다.

과연 이 강호에 그만한 능력을 지닌 자가 얼마나 될까.

원치경의 머릿속은 점점 혼란스러워져만 갔다.

"으음……."

그때 들려온 신음성.

원치경은 미련없이 상념을 떨쳐내곤 침상에서 뒤척이는 노적위에게로 다가갔다.

만신창이가 되어버린 노적위.

원치경을 만나지 못했다면 그는 이미 죽은 목숨이라 할 수 있었다.

"으, 은영삼주……."

노적위가 원치경을 알아보곤 말을 더듬었다. 그의 표정에 어리둥절함과 당혹감이 어려 있었다.

"여, 여긴 어딥니까?"

노적위가 신형을 일으키려 하자 원치경의 그의 가슴을 지그시 눌러 다시 눕혔다.

"아직 사나흘은 더 누워 있어야 할 것이다."

"아가씨께서는 어찌 되셨습니까?"

몽롱한 정신이 가시자마자 노적위가 다급하게 물었다.

"내가 묻고 싶은 말이구나."

"오, 오천 그자가……."

여전히 오천이 무유화를 납치했다고 생각하는 노적위가 임무를 다하지 못한 죄책감에 스스로를 질책하며 두 눈을 질끈 감아버렸다.

"그자가 아니다."

"그것이 무슨 말씀이십니까?"

노적위가 감았던 누 눈을 치켜뜨며 놀란 듯 물었다.

"오천과 그를 따르던 천외천 무인은 모두 죽었다."

"그, 그럴 리가요?"

원치경의 황당한 말에 노적위가 도저히 믿을 수 없다는 듯 두 눈을 휘둥그레 떴다.

"이 두 눈으로 직접 확인을 한 것이다."

"대체 누, 누가……. 그렇다면 아가씨께서는 어찌 되신 겁니까?"

"누구인지 모를 그들이 데려갔겠지. 오천 말고 너희를 뒤따른 자들은 없었느냐?"

"경황이 없어 주의를 기울이지 못한 것은 사실이나 그런 자는 분명 없었습니다."

"혹 짚이는 데도 없는가?"

원치경이 물었지만 노적위는 고개만 저을 뿐이었다.

그의 표정 또한 원치경처럼 걱정과 의문이 가득했다.

"오천이 죽었다면 대체 누가 있어 그들을 해치웠단 말입니까. 삼합회……?"

노적위가 가장 먼저 떠오른 삼합회를 의심했다.

"그들은 아닐 것이다. 전 삼합회주 낭왕 나도진조차도 오천을 어찌할 수 없을 터인데, 지금 삼합회의 전력으로는 어림도 없는 일이다."

"…죄, 죄송합니다."

노적위가 침통한 음성으로 말을 했다.

"목숨까지 걸었던 네가 무슨 죄를 지었다고 그러느냐. 어쨌든 몸부터 추슬러라. 아가씨를 납치한 자가 제삼의 인물이든 천외천의 인물이든… 상황이 좋지 않다."

원치경이 노적위의 어깨를 도닥이곤 이내 자리에서 일어섰다.

그 시각.

병색이 완연한 윤이 의자에 앉아 깊은 고민에 빠졌다.

고개까지 숙인 그의 심장이 수없이 얽혀 버린 복잡한 감정에 거칠게 요동을 쳤다.

당장에라도 폭발할 것만 같은 윤의 모습에 곽한과 건유운이 걱정스러운 표정으로 그의 분위기를 살폈다.

"……."

침묵은 좀처럼 깨지지 않았다.

곽한의 보고를 들은 윤이 고개를 떨어뜨린 지 반 시진이 넘었지만 누구 하나 입을 여는 자가 없었다.

"유화의 흔적을 전혀 못 찾았다는 말씀입니까?"

긴 침묵을 깨고 드디어 윤이 입을 열었다.

음성은 침착했지만 그의 눈빛만큼은 화마처럼 이글이글 타올랐다.

그래서일까.

그런 윤이 곽한과 건유운의 두 눈에는 더 위험스러운 상태로 보였다.

"예."

곽한이 짧게 대답했다.

"은영삼주께서는 지금 어디에 계십니까?"

"계속 아가씨의 행방을 찾고 있습니다."

"오천의 무리가 낯선 자들에게 제거된 것이 확실합니까?"

윤이 여전히 고개를 탁자 위에 고정한 채 물었다.
"그렇습니다."
곽한의 짧은 대답 뒤로 또다시 침묵이 흘렀다.
"은영삼주께 유화의 흔적을 찾는 것을 멈추고 복귀를 하라 전갈을 띄워주십시오."
"영주, 그 무슨 말씀입니까. 끝까지 찾아야 합니다."
윤의 말에 곽한이 그건 안 될 말이라는 듯 반박했다.
"짐작이 가는 곳이 있습니다."
"짐작이 가는 곳이라니요? 대체 그자들이 누구입니까?"
곽한과 건유운의 시선이 동시에 윤에게로 향했다.
"염부심."
'하아······.'
윤의 대답이 나오기가 무섭게 건유운이 내심 깊은 신음성을 토해냈다.

충분히 가능성이 있는 이야기인데 왜 지금껏 그 생각을 못했을까. 건유운은 스스로를 책망했다.

하지만 곽한은 사뭇 의문이었다.
"염부심은 천외천의 대공자가 될 유력한 인물입니다. 그런 그가 왜 오천을 죽일 수 있단 말입니까?"
"대공자란 위치는 그의 욕심을 결코 채울 수 없습니다. 그는 천외천을 원하고 있습니다."
"처, 천외천을······."
곽한의 꽤나 놀란 듯 두 눈을 부릅떴다.

"그렇다면 염부심이 그래서 아가씨를 중간에서 납치를 했다는 말씀입니까?"

'그의 사랑이 바로 유화이기 때문입니다.'

윤이 고개를 끄덕이며 내심 중얼거렸다.

"중원에 퍼져 있는 모든 은영을 천문으로 복귀토록 명령을 내려주십시오."

"바로 모든 은영들에게 밀지를 띄우겠습니다."

윤의 음성에 혼란스러운 표정을 싹 지우며 곽한이 그의 명령을 받아들였다.

"저는 철혈무가로 향하겠습니다."

"영주, 그 몸으로는 무리입니다. 아니 될 말씀입니다."

건유운이 깜짝 놀라 윤을 말렸다.

"은영사주의 말이 맞습니다."

"제가 가야 합니다."

윤의 표정은 단호했다.

곽한과 건유운은 윤의 고집을 꺾을 수 없음을 직감적으로 느낄 수 있었다.

"꼭 그렇게 하셔야 한다면, 은영삼주에게 철혈무가로 향하도록 전갈을 띄우겠습니다."

곽한이 한발 물러서서 이야기를 했다.

윤은 그 조건까지 물릴 수는 없었다.

"언제 떠나실 생각이십니까?"

곽한이 물었다.

"지금 바로 떠날 것입니다."
"으음······."
곽한이 두 눈을 지그시 감곤 근심 어린 표정을 지었다.
하지만 그의 입은 곧바로 열렸다.
"유운, 영주를 호위할 은영들을 추려라."
"알겠습니다."
곽한의 명령을 받은 건유운이 자리를 뜨자 곽한은 윤에게 입을 열었다.
"은영삼주와 만나기 전까지는 무리한 행동은 삼가셔야 합니다. 속하와 약속해 주십시오."
"예, 약속드리겠습니다. 그러니 너무 걱정은 마십시오. 천문을 부탁드립니다."
윤이 곽한의 두 눈을 가만히 바라보며 말을 했다.

*   *   *

외부와 완전히 차단된 습기가 가득한 뇌옥 안에 흐느낌이 울려 퍼졌다.
서러운 듯 울다가도 기괴한 웃음소리가 흘렀고, 때때로 괴성을 내지르기도 했다.
만신창이가 된 가오성.
그간 얼마나 끔찍한 고문을 당했는지 그의 몰골이 말이 아니었다.

그런 그의 팔다리는 쇠사슬에 묶여 있었다.

철컹—

그때 들린 거친 쇳소리에 가오성의 시선이 황급히 옥문으로 향했다.

비틀—

휘청거리며 들어서는 용사량.

그 모습에 가오성의 두 눈에 불똥이 튀었다.

"노, 노야!"

가오성의 두 볼로 굵직한 눈물이 주르륵 흘러내렸다. 하지만 그 마음을 아는지 모르는지 용사량의 신형이 이내 바닥에 쓰러졌다.

얼마의 시간이 흘렀을까.

용사량이 미약한 신음성을 내뱉자 가오성이 그의 상체를 조심스럽게 흔들었다.

뼈만 남은 용사량의 앙상한 몸뚱이가 그의 손짓에 너무도 쉽게 좌우로 흔들렸다.

"노, 노야! 저, 정신이 드십니까?"

"오, 오성이구나."

용사량이 가오성의 음성을 알아듣곤 희미하게 웃음을 지었다.

그 모습에 가오성은 또다시 눈물을 흘릴 수밖에 없었다.

"나 좀 일으켜 줄 수 있겠느냐?"

혼자 일어날 힘도 없는지 용사량이 말을 했다.

그에 가오성이 극도로 조심스럽게 그를 일어나도록 도움을 주었다.

"우는 게냐? 후후……."

"노, 노야……."

"울음을 거두어라."

"죄, 죄송합니다. 모, 못난 저 때문에……."

가오성이 고개를 떨어뜨린 채 훌쩍였다.

"모두가 이 못난 늙은이 때문인 것을… 어찌 네가 죄송하다는 말이더냐."

용사량이 인자한 웃음을 지으며 가오성의 처진 어깨를 도닥여 주었다.

'불쌍한 것. 그 마음이 얼마나 힘들겠느냐?'

용사량의 흐느끼는 가오성의 마음을 모를 리 없었다.

자신의 목숨을 지켜주기 위해 배신자의 오명을 쓸 수밖에 없었던 가오성이다.

견노의 고문이 아무리 끔찍했다 하나, 가오성의 입을 열 수는 없었다.

하지만 가오성은 견노가 용사량을 고문하는 것을 결국 보다 못해 자신이 아는 천문에 관한 모든 비밀을 실토하고 말았던 것이다.

그 죄책감이 지금껏 가오성을 괴롭혔다.

'내가 벌써 죽었다면 이런 일이 없었을 것인데……. 미안하

구나. 너에게도, 윤이에게도, 모두에게도······.'

"괜찮구나. 윤이라면 충분히 이겨낼 수 있을 것이다."

"노, 노야······."

"넌 배신자가 아니다. 그 누가 있어 스승이 죽는 모습을 지켜볼 수 있겠느냐. 넌 그저 스승을 지키기 위해 어쩔 수 없는 선택을 한 것뿐이니라. 윤이라면, 아니, 천문의 모든 은영 또한 너의 행동을 책망하지 않을 것이다."

용사량이 계속해서 가오성을 달래주었지만 그의 죄책감은 쉽사리 사라지지 않았다.

아니, 어쩌면 평생 그를 따라다니며 괴롭힐 터였다.

第八章 염부심 도사 구패을 꾀하다

수호무사

피바람이 몰아칠 것이라 생각했던 강호는 빠르게 안정을 찾아갔다.

나도진의 죽음으로 삼합회주에 오른 용두태가 곧바로 백도련에게 백기를 든 까닭이었다.

만약 두 세력 간에 치열한 공방이 펼쳐졌다면 분명 이득을 보는 쪽은 무림맹이었다.

하지만 백도련과 삼합회의 싸움이 기대한 것과 달리 너무도 싱겁게 끝나 버린 까닭에 무림맹의 한숨은 커질 수밖에 없었다.

그리고 그들의 한숨이 커진 만큼 백도련의 웃음은 더욱 크게 강호를 울렸던 것이다.

삼합회를 무릎 꿇린 백도련의 위상은 하루가 다르게 치솟고 있었다.

호사가들은 이런 백도련이 조만간 무림맹까지 압도할 것이라 은연중 떠들어댔다.

그래서인지 요즘 염화탁의 얼굴에는 웃음꽃이 만발했다.

비록 삼합회와 싸움이 벌어질 당시 백도련의 도움을 받지 못한 숭검문을 비롯한 몇몇 백도련 소속 문파들이 염화탁에게 엄청난 반감을 품고 있지만, 이미 그들은 염화탁의 마음에서 버려진 존재들이었다.

여전히 무진강과 함께한 과거 속에서 허우적거리는 그들을 빨리 내칠수록 염화탁에게는 유리했기 때문이다.

그리고 삼합회와의 싸움에서 그들 대부분이 멸문에 가까운 타격을 받았기에 염화탁은 명실상부한 백도련주로 확고한 기반을 다지게 되었던 것이다.

물론 정검문과 몇몇 강성한 문파들이 여전히 염화탁을 견제하고 있지만, 이번 삼합회와의 싸움으로 그 기세가 확연히 줄어들었다.

중전호위대장 심도학이 염화탁의 집무실을 찾은 것은 해가 뉘엿뉘엿 지는 저녁 무렵이었다.

"자네가 이 시간에 어쩐 일인가?"

업무를 정리하려던 염화탁이 집무실로 들어서는 심도학을 반기며 물었다.

"가주님, 윤이 저자에 나타났다 합니다."

"윤이라고?"

한동안 사라졌던 윤이 다시 나타났다고 하자, 염화탁의 표정이 일순 딱딱하게 굳어졌다.

월하정의 윤이라는 소리만 들으면 골이 지끈거리는 염화탁이었다.

그도 그럴 것이, 지금껏 일어난 안 좋은 일 대부분이 그와 연루된 것들이었기 때문이다.

"유화와 이시백이 사라진 이 마당에 대체 그놈이 왜 또 나났다는 말인가?"

"어찌할까요? 그냥 이참에……."

심도학이 끝말을 흐렸다.

염화탁은 듣지 않아도 그 뒷말의 의미를 짐작할 수 있었다.

"만만히 볼 놈이 아니야."

"해가 되면 됐지, 도움이 될 놈도 아니질 않습니까."

심도학이 염화탁의 눈치를 살피며 대꾸했다.

"지금 무얼 하고 있다 하던가?"

"주루에서 술을 마시고 있다 합니다."

"뭐, 술을? 누구와 말인가?"

"홀로 있다 합니다."

"가오성은?"

가오성의 행방도 묘연해 염화탁이 물었지만, 심도학 또한 그 이유를 알 길이 없었기에 고개를 가로저었다.

"대체 이놈들이 무슨 꿍꿍이를 품고 있기에……. 으음……."

염화탁이 미간에 깊은 내천 자가 그려졌다.

"가주, 결단만 내려주십시오. 제가 직접 일을 해결하도록 하겠습니다."

심도학이 의미심장한 표정으로 말을 했다.

하지만 염화탁의 입은 쉽사리 열려지지 않았다.

그렇게 잠깐의 시간이 흐르고.

"그 누구도 알아서는 안 될 일이네. 윤과 가오성은 여전히 외전에 큰 영향력을 미치는 놈들이란 말일세. 만약 본가가 윤을 제거했다는 사실이 알려지기라도 한다면 엄청난 반감을 일으킬 수도 있단 말이야."

"당연한 말씀입니다."

심도학이 고개를 끄덕였다.

"용혈검의 진전을 이은 놈이네. 은밀하게 처리할 복안은 있는가?"

"식객들을 이용하면 그나마 뒤탈을 없앨 수 있지 않을까 생각합니다. 그들이 나선다면 윤을 제거하는 일이 그리 어렵지는 않을 것입니다. 제가 식객들을 데리고 일을 처리하도록 하겠습니다."

"다시 한 번 말하지만 결코 밖으로 누설이 돼서는 안 될 일이네. 쥐도 새도 모르게 일을 끝내야 할 게야."

"명심, 또 명심하겠습니다."

심도학이 자신감 넘치는 음성을 내뱉었다.

　　　　　＊　　　　＊　　　　＊

달빛이 내려앉은 으슥한 외진 거리로 윤이 터벅터벅 걸음을 옮겼다.

몸도 성치 않은데 쓴 술을 마신 탓에 속이 매스꺼웠지만 윤은 개의치 않았다.

얼마나 걸었을까.

윤이 쌍갈랫길 앞에서 잠시 걸음을 멈췄다.

좌측은 철혈무가로 향하는 길이었고, 우측은 백암산으로 향하는 길이었다.

저벅—

한밤중에 백암산을 오르는 것은 상당히 이상한 일이었지만, 윤은 미련없이 오른쪽 길을 선택했다.

그 모습에 그를 미행하던 심도학의 표정에 득의만만한 미소가 걸렸다.

정상까지 오르려는 양 윤은 백암산의 초입을 넘고서도 걸음을 멈추지 않았다.

하지만 심도학은 그런 윤을 계속 움직이게 할 수는 없었다.

"이 야밤에 백암산은 어쩐 일입니까?"

윤이 대놓고 모습을 드러낸 심도학을 향해 물었다.

"내가 묻고 싶은 말이구나."

"마음이 가는 대로 걷다 보니 이곳이더군요."

윤이 편안한 신색으로 대꾸했다.

하지만 그의 얼굴은 창백하기 이를 데 없었다. 일견하기에도 병색이 완연한 모습이었다.

그에 심도학의 표정이 더욱 밝아졌다.

"부상을 당한 게냐?"

윤의 상태를 한눈에 알아본 심도학이 물었다.

"죽을 고비를 넘겼지요."

"무슨 일을 당했는지는 모르겠으나 어쨌든 다행이구나, 죽을 고비를 넘겼다 하니."

"그나저나 무슨 일입니까?"

윤이 바보가 아닌 이상 심도학이 자신을 미행했다는 사실을 모를 리 없었다.

"이 밤에 너를 미행한 연유가 무엇이겠느냐. 지금 네가 생각하고 있는 바가 바로 그 이유일 것이다."

심도학이 윤의 두 눈을 쏘아보며 말을 했다.

그러자 윤이 피식 미소를 짓곤 용혈검을 힐끗 쳐다봤다.

"가능하겠소?"

"용혈검의 구천류를 익혔으니 힘든 상대임은 분명하겠지만 안색을 보아하니 곧 죽어도 하등 이상할 것이 없어 보이는구나."

심도학은 여유로웠다.

비단 윤의 몸 상태가 정상이라고 해도 별 상관이 없는 마당에 부상까지 입었으니 이미 이 싸움의 끝은 안 봐도 훤했던 것이다.

"그럴 수도 있겠군요. 그런데 염화탁이 시킨 일이오?"

"무엄하구나! 이놈! 네놈이 감히 가주의 존명성대를 입에 담는 것이냐?"

심도학이 두 눈에 불을 켜며 윤을 나무랐다.

그에 윤의 입꼬리가 길게 찢어졌다.

"후후, 그런 것이군요."

스르릉—!

윤이 더 이상 말을 섞을 필도 없다는 듯 용혈검을 뽑아 들었다.

"혼자 오시지는 않았을 테고……."

윤이 나지막이 중얼거리자 심도학의 뒤편으로 몇몇의 중년인이 그 모습을 드러냈다.

"오랜만이구나."

엄청난 거구의 대머리장한이 윤을 바라보며 말을 했다.

그러자 이곳저곳에서 튀어나온 장한들 또한 웃는 낯으로 윤에게 아는 척을 했다.

"바보 한 명을 없애기 위해 꽤 큰 공을 들인 것 같습니다. 이거 영광이라고 해야 하나? 후후."

윤이 염화탁이 철혈무가로 끌어들인 식객들을 모를 리 없었다.

물론 처음 보는 얼굴도 있었지만, 대부분 일면식이 있는 자들이었다.

"미안하게 됐구나. 하나 어쩌겠느냐? 이것이 칼 밥을 먹고 사는 우리네의 운명이 아니겠느냐."

대머리장한이 떨떠름한 표정으로 입을 열었다.

그 섬전도(閃電刀) 관추영이었다.

쾌도를 구사하는 그는 천하팔검과 그 어깨를 능히 겨룰 만한 강호의 절대고수였다.

"반항을 할수록 고통은 길어질 것이다."

관추영이 타이르듯 말을 했다.

그 말을 곱씹어보면, 결국 싸울 생각 말고 조용히 죽으라는 의미였다.

참으로 우스운 이야기였지만, 관추영이라면 충분히 입 밖으로 내뱉을 수 있는 말이었다.

"내 몸이 정상이 아니기에 가히 틀린 말은 아닐 것입니다. 하지만 아직 죽을 몸이 아니라서……."

윤이 말끝을 흐리며 좌측 팔을 들어 올려 검지로 관추영의 뒤편을 가리켰다.

그러자 관추영은 물론이고 심도학과 철혈무가의 식객들의 고개가 절로 뒤로 향했다.

그런 그들의 시야로 들어오는 일단의 무리.

그들은 다름 아닌 윤의 그림자를 자처하는 은영삼주 원치경과 유운객잔에서 떠나온 은영들이었다.

그 수는 고작 다섯에 불과했지만, 그들의 뿜어내는 기세만큼은 일백 명의 정예 고수를 보는 듯했다.

"후후, 역시 한 가닥 믿는 구석이 있었던 모양이구나. 헌데 저자들로 우리를 어찌할 수 있다고 보느냐?"

심도학이 어이가 없다는 듯 윤에게 물었다.

"다른 건 몰라도 그 누구도 내 허락 없이는 이곳 백암산을 못 떠난다는 것입니다."

"뭐라?"

천문의 존재를 알 리 없는 심도학의 두 눈썹이 크게 꿈틀거렸다.

그때 그의 귓속으로 원치경의 음성이 파고들었다.

"대막의 살혼검이라 하오."

'살혼검!'

순간 심도학이 믿을 수 없다는 듯 원치경을 무섭게 노려보았다.

그뿐만이 아니었다.

살혼검이라는 말에 모든 이들이 놀란 두 눈을 치켜떴다.

"대막의 살혼검이라고? 하하하! 네놈이 미쳐도 아주 단단히 미쳤구나!"

심도학이 이내 헛웃음을 흘렸다.

그의 표정은 원치경의 말을 전혀 믿지 못하겠다는 얼굴이었다.

어디 그뿐일까.

심도학의 웃음소리에 그를 따라왔던 식객들도 덩달아 커다란 웃음을 터뜨렸다.
 그런데 그때,
 "이 야밤에 저놈들이 실성을 한 것인가? 아주 미쳐도 단단히 미쳤구나."
 어둠을 울리는 한 노인의 음성에 웃음소리는 거짓말처럼 싹 사라졌다.
 "……."
 뒷짐을 진 채 여유롭게 등장하는 노인.
 그는 다름 아닌 정검문의 전대 문주 이시백이었다.
 "동생, 내 그러게 중원에 얼굴 좀 비추라고 그렇게 이야기하질 않았나. 대막의 살혼검은 다 아는데 그 얼굴을 당최 모르니 미친놈 소리를 듣는 게지. 나 같아도 미친놈이라 생각했을 걸세."
 "아! 어쩐지. 다들 제가 살혼검이라고 하면 비웃던 이유가 바로 그 때문이었군요. 후후."
 원치경이 이시백을 바라보며 너털웃음을 터뜨렸다.
 그 모습에 심도학의 표정은 시체처럼 까맣게 물들기 시작했다.
 '이, 이시백이 이곳에는 어, 어떻게?'
 갑작스런 이시백의 등장에 그토록 말을 잘하던 심도학이 일순 벙어리가 되어버렸다.
 '그, 그렇다면 정녕 저자가 흑풍대의 살혼검이란 말인가!'
 심도학도 알고 있었다.

이시백과 원치경이 그 나이를 떠나 호형호제하는 가까운 사이라는 것을 말이다.

　"섬전도 네 이놈! 너 아까 윤이에게 무어라 지껄였더냐? 반항을 할수록 고통이 길어질 것이라고? 하아, 그럼 내 사질을 죽이려고 했단 말이냐? 감히 네놈이?"

　이시백이 엄한 눈초리로 쏘아보자 관추영이 일순 움찔거렸다.

　하지만 이내 어깨를 펴며 그가 입을 열었다.

　"다 듣고 계셨던 게로군요. 그렇다면 말을 돌리진 않겠습니다. 맞습니다. 제가 이곳에 온 이유는 저 아이의 목을 베러 온 것입니다."

　관추영은 변명하지 않았다. 그리고 비굴하게 허리를 숙이지도 않았다.

　싸움을 물릴 생각도 없었다.

　그의 사내다운 행동에 이시백이 고개를 끄덕였다.

　"역시 네놈의 그 기백 하나만큼은 사줄 만하구나. 하나 그릇된 생각을 품은 것에 대한 벌은 톡톡히 받아야 할 것이니라."

　"기대가 되는군요. 천하팔검의 검이 어떤 것인지 말입니다."

　관추영의 심장이 빠르게 달구어졌다.

　천하팔검과 손을 섞는다는 자체가 그에게는 커다란 기쁨이었기 때문이다.

　하지만 그와 달리 심도학은 어떻게든 이 자리를 빠져나가고 싶을 뿐이었다.

관추영과 식객들이 아무리 대단한 존재라고는 하나, 천하팔검 중 두 명과 대적하기에는 조금 모자란 구석이 있었다.

물론 자신까지 합세를 한다면 어떻게든 승리를 거둘 수는 있겠지만, 그 승리를 얻기 위해서는 죽음을 각오하고 싸워야만 한다.

아니, 정말 죽을 수도 있는 일이었다.

"무, 무언가 오해가 있었던 것 같습니다, 노, 노야……."

심도학이 이시백과 관추영의 대화에 대뜸 끼어들어 말을 더듬었다.

"무슨 오해?"

이시백이 표정에 노기가 역력했다.

"저, 저희가 이곳에 온 이유는 다름이 아니옵고, 저, 저기 있는 윤이 하도 본가의 위명에 해가 되는 행동을 해서 그것을 훈계코자……."

"훈계? 누가? 네놈이 말이냐?"

"그, 그것이……."

이시백의 두 눈에서 불꽃이 활활 타오르는 듯했다.

그에 심도학이 그의 두 눈을 감히 마주하지 못하고 시선을 떨어뜨렸다.

그 모습을 보다 못한 관추영이 짐짓 화난 음성으로 떠들었다.

"호위대장, 고작 그 모습을 보이려고 우릴 이곳까지 데려온 것이오?"
 "대, 대협, 그런 것이 아니라……."
 심도학이 이러지도 저러지도 못하고 안절부절 몸 둘 바를 몰라 했다.
 그르르릉-!
 그때 관추영이 보기만 해도 오금이 저릴 만한 거도를 뽑아 들곤 이시백을 향해 입을 열었다.
 "후배 관추영, 이시백 선배께 한 수 배우도록 하겠습니다. 호위대장, 이렇게 된 이상 저 아이는 그대가 맡아야 할 듯싶소. 이쪽은 너무 걱정 말구려. 우리가 알아서 막을 터이니 말이오."
 관추영의 음성에 심도학이 아랫입술을 잘근 깨물었다.
 "좋소. 그럼 부탁하오."
 심도학이 고민을 끊어내고는 입을 열었다.
 '어쩔 수 없지. 최대한 빨리 윤이를 없애고 가주께 도움을 요청할 수밖에…….'

 *   *   *

 까강-!
 불꽃 튀는 요란한 금속성에 어둠에 잠겨 있던 백암산이 크게 들썩거렸다.
 관추영의 거도를 가까스로 비껴낸 이시백이 크게 놀라 뒤로 신형을 훌쩍 물렸다.

'역시 대단한 신력이구나! 나 이시백이 밀리다니!'

이시백의 시선이 관추영의 면면을 조심스럽게 훑었다.

타고난 신력으로 쾌도를 구사하는 관추영.

이시백은 단 한 번의 격돌만으로도 그의 능력이 결코 자신에게 뒤처지지 않는다는 사실을 느낄 수 있었다.

하지만 이시백의 놀람은 관추영의 것과는 비교도 할 수 없었다.

'전력을 쏟아부은 공격이건만!'

관추영의 두 눈동자가 조금씩 떨렸다.

저 작은 노인이 자신이 전력으로 쏟아낸 공격을 가볍게 흘리자 왜 세상 사람들이 천하팔검을 그리 추앙하는지 이제야 알 수 있을 것만 같았다.

"과연 이시백 선배구려."

기이이잉—

관추영이 거도 끝으로 이시백의 미간을 겨냥한 채 입을 열었다.

"그 실력이 가히 천하팔검과 견줄 만하거늘, 고작 한다는 짓거리가 염화탁의 주구가 되어 한참이나 어린 후배의 목숨을 취하는 일인 것이더냐? 무인으로서 창피하지도 않더란 말이냐?"

"창피합니다. 어찌 창피하지 않겠습니까. 하나 그 일이 아무리 창피하다 한들 염 가주와의 약속까지 저버릴 수는 없더군요."

"쯧쯧! 융통성이라곤 눈곱만치도 없는 무식한 놈이로구나."

이시백이 혀까지 차며 관추영을 안쓰럽게 바라봤다.

"좋다! 나도 네놈에게 큰 벌을 내린다 하였으니 그 약속을 반드시 지켜주겠노라!"

구오오오오ㅡ!

이시백의 검에서 순간 기이한 기운이 꿈틀꿈틀 솟구치기 시작했다.

그러더니 이내 기가 질릴 정도의 기세가 관추영을 향해 폭사되었다.

그 모습에 관추영의 표정이 딱딱하게 굳어졌다.

'과연 천하팔검의 위용이 하늘을 찌를 만하구나!'

관추영이 심장이 커다란 요동을 쳤다.

두려운 것도 사실이지만 그보다는 호승심이 더욱 끓어오르는 그였다.

그러던 어느 순간,

타타탓!

관추영이 거도를 하늘을 향해 치켜들곤 희뿌연 흙먼지를 일으키며 이시백을 향해 달려들었다.

한편,

쾌애애애애액ㅡ

심도학의 검이 그대로 윤의 심장을 향해 번개처럼 짓쳐들었다.

 심도학의 생각은 오직 하나였다.

 윤을 최대한 빠르게 제거하는 것.

 그러기 위해선 처음부터 전력을 다해 살초를 퍼부어야만 했다.

 전력을 다한 살초는 빈틈이 드러나게 마련이지만, 심도학은 크게 신경 쓰지 않았다.

 윤이 아무리 대단하다 한들 부상당한 그는 자신의 적수가 되지 못할 것이란 생각 때문이었다.

 파앗—!

 심도학의 검이 심장에 박히려던 찰나, 윤의 신형이 바람처럼 흔들렸다.

 그러자 심도학의 검이 갑자기 경로를 잃어 허둥거렸다.

 차랑!

 하지만 심도학은 고수였다. 곧바로 윤의 신형을 쫓아 그가 재차 매섭게 검을 휘둘렀다.

 '제법이구나!'

 까강!

 전력을 다한 자신의 공격을 비껴내며 피하는 윤의 모습에 심도학이 진심으로 감탄했다.

 하지만 그것도 잠시, 그의 마음이 이내 초조해지기 시작했다.

 전력을 다한 공격이 계속 무위로 끝나자 갑자기 불안감이 엄습했던 까닭이다.

'이렇게 시간을 끈다면 큰일이 아닐 수 없거늘!'

공방이 길어질수록 심도학의 가슴은 까맣게 타들어갔다.

자신이 윤에게 계속 묶여 있다가는 이시백과 원치경의 검에 의해 모두가 죽어나자빠질 것만 같았기 때문이다.

더구나 그 정체도 불분명한 무인들의 실력은 예상을 훌쩍 뛰어넘어 철혈무가의 식객들을 궁지로 몰아넣고 있었다.

'결정을 내려야 한다!'

거칠게 윤을 몰아치는 와중에도 심도학의 머리는 계속 회전했다.

윤을 빨리 처리하는 것이 가장 좋은 방법이었지만, 그것이 그리 호락호락하지 않았다.

그렇다고 이대로 더 이상 시간을 질질 끌 수도 없었다.

기울어가는 싸움의 끝이 뻔했기 때문이다.

그렇다면 방법은 하나였다.

'우선 본가로 몸을 빼내어야 한다!'

생각지도 않던 이시백과 원치경의 등장으로 난장판이 된 상황을 원상복귀를 시키려면 어쨌든 더 많은 원군을 불러들여야만 했다.

그것이 자신이 살고 염화탁도 살리는 길이었다.

마음이 굳어지자 심도학의 기세가 조금씩 변하기 시작했다.

그토록 살초만을 펼치던 그가 조금씩 허초를 섞어가며 몸을 빼낼 기회를 잡으려 했다.

하지만 심도학에게는 안타까운 일이지만, 이미 윤은 그의 마음까지 읽고 있었다.

쐐애애액—!

심도학의 기세가 변하기가 무섭게 용혈검이 거친 몸부림을 쳤다.

그에 화들짝 놀란 심도학이 용혈검의 거력을 못 이겨 튕기듯 뒤로 죽 밀려났다.

"생사를 장담할 수 없는 이 상황에서 무슨 생각을 그리하십니까? 도망이라도 칠 기세 같습니다? 아까 전 제가 분명히 말씀을 드렸을 텐데요."

윤이 자신을 죽일 듯 노려보는 심도학을 향해 느릿하게 말을 이었다.

"제 허락 없이는 아무도 이곳을 벗어날 수 없다고 했는데, 기억 못하십니까?"

"노옴! 네놈이 감히 나를 조롱하려 드느냐?"

자신의 속마음을 들켜 버린 심도학이 어금니를 바득바득 갈았다.

그런 그의 마음속에는 무인으로서의 창피함도 어느 정도 자리를 잡고 있었다.

"좋다! 과연 네놈이 그럴 만한 능력이 있는지 보자구나!"

찌이이잉—!

심도학이 기세가 또다시 확 바뀌었다.

몸이 정상이었다면 진즉 끝낼 승부였지만, 윤이 담담한 시선으로 그 변화를 지켜보고 있었다.

파앗―!

심도학이 검을 쭉 뻗어내며 윤을 향해 달려들었다.

일직선으로 달려드는 모습이 동귀어진이라도 하려는 듯 결연해 보였다.

우우우웅―!

자신에게 빠르게 다가오는 살기라도 느꼈는지 순간 용혈검이 맑은 검명을 토해냈다.

쐐애액―!

달빛을 머금은 용혈검이 더없이 얇은 하얀 선을 그리며 득달같이 달려드는 심도학의 상체를 횡으로 갈랐다.

쩌억―!

"크헉―!"

쩍 벌어진 심도학의 목에서 검붉은 핏물이 왈칵 뿜어져 나왔다.

찰나지간 일어난 섬뜩한 광경이었다.

"그르르―"

심도학의 부릅뜬 두 눈이 하얗게 까뒤집혔다.

그런 그의 입에서 가래가 끓는 듯 기이한 음성이 새어 나왔다.

하지만 그것도 잠시,

풀썩―

심도학이 이내 힘없이 대지 위로 푹 꼬꾸라졌다.

*　　　*　　　*

사람의 이목이 닿지 않는 허름한 관제묘에 도착한 염부심이 자신을 기다리고 있던 윤에게 어깨를 으쓱거렸다.

무슨 일로 자신을 불렀냐는 의문의 표시였다.

"오천을 죽인 자가 그대요?"

"후후……."

윤이 묻자 염부심이 피식 웃음을 흘렸다.

긍정도 부정도 아닌 애매한 행동이었다.

"나라면 어쩔 것이고 아니라면 또 어쩔 것이냐?"

"대답부터 하는 게 순서일 듯한데……."

윤이 염부심의 두 눈을 싸늘하게 쏘아보며 말을 했다.

은연 중 피어오르는 그의 살기가 주위의 공기를 무겁게 짓누르기 시작했다.

윤의 허리춤에 걸린 용혈검이 당장에라도 뽑혀 염부심의 심장을 꿰뚫을 기세였다.

하지만 염부심은 여유롭기 그지없었다.

"중전호위대장과 식객들은 어찌 되었느냐?"

하라는 대답은 않고 염부심이 오히려 물었다.

"어찌 되었을 것 같소?"

"그들의 실력으로 천문의 영주를 감히 어찌나 할 수 있었겠느냐. 죽였느냐?"

 염부심은 윤이 그들을 죽였기를 속으로 바라고 있었다.

 죽은 자의 입은 열릴 수가 없었기 때문이다.

 그렇다면 염화탁이 윤을 죽이려 했다는 사실이 영원한 비밀로 남을 수 있었다.

 "귀한 생명인데 함부로 죽일 수는 없겠지요. 더구나 나의 식구도 아닌 남의 식구인데."

 윤의 대답에 염부심이 콧등을 가볍게 문질렀다.

 염부심은 잘 진행되던 일이 갑자기 꼬여 버렸다는 느낌이 들었다.

 그래서인지 괜한 일을 만들어 버린 아버지 염화탁에게 갑자기 짜증이 솟구쳤다.

 "죽이지 않았다니, 역시 바보는 아니었구나. 후후……."

 염부심이 이죽거리듯 말을 내뱉었다.

 "오천을 죽였소?"

 "그래. 내가 죽였다."

 염부심이 고민없이 대답했다.

 "유화도 그대가 데려갔소?"

 윤의 입에서 오한이 들 정도로 차가운 음성이 튀어나왔다.

 "그렇다."

 염부심의 대답에 윤의 우수가 순간 움찔거렸다.

 "후후, 왜 멈추느냐?"

윤이 용혈검을 뽑으려는 행동을 멈추자 염부심이 한껏 비웃음을 머금었다.

"지금 그 상태로 나를 이길 것이라고 보느냐?"

염부심이 윤이 정상이 아님을 눈치채고 독백하듯 물었다.

"칼자루를 쥔 사람은 바로 나다. 유화도 그렇고 네놈의 목숨도 그렇고……. 어리석게도 너는 이 사실을 모르고 있는 것 같구나."

틀린 말이 아니었다.

윤이 아무리 강하다 하나, 지금 상태로 염부심과 싸움을 벌인다면 필패를 당할 것이 분명했다.

"아가씨는 안전한 곳에서 더없이 편히 지내고 있으니 너무 걱정은 말거라."

"원하는 게 뭐요?"

윤이 들끓는 감정을 애써 억누르며 물었다.

"후후, 원하는 것이라……. 왜 내가 원하는 것이 있다면 해주려고 하느냐?"

"……."

윤은 굳이 대답하지 않았다.

"몇 가지 있기는 한데……."

염부심은 이 상황을 다분히 즐기고 있었다.

윤의 최대 약점인 무유화를 자신이 데리고 있는 이상 윤은 수족이나 다름없었다.

"너라면 충분히 할 수 있는 일인데, 하겠느냐?"

윤은 대답하지 않았다.

그것을 허락으로 생각한 염부심이 느긋한 음성으로 자신의 원하는 것을 이야기하기 시작했다.

염부심의 이야기는 그리 길지 않았다.

하지만 그로 인해 윤은 적지 않은 충격을 받을 수밖에 없었다.

천외천주 노자군을 제거하라니.

그 누가 들었었다면 입을 쩍 벌릴 일이었다.

하지만 윤의 표정은 곧바로 담담해졌다.

"그대는 유화를 죽일 수 없소."

윤이 염부심의 두 눈을 노려보며 말을 했다.

"물론 나는 그녀를 죽일 수 없다. 하지만 내 친구들은 나와는 전혀 다른 부류들이지. 그들에게 있어 무유화란 존재는 천외천주를 없애는 데 사용하는 하나의 도구일 뿐이다. 지금 그녀를 지키고 있는 자가 바로 그들 중 한 명이고."

휙—

염부심이 자그맣게 말린 두 개의 전갈을 윤을 향해 던졌다.

그것을 받아 쥔 윤이 전갈을 펼쳐 읽었다.

"하나는 너와의 거래가 성사되었을 때 그에게 보내질 전갈이고, 또 하나는 그렇지 않았을 때 보내질 것이다. 내 마음이 흔들릴까 봐 미리 작성한 내용이다. 너의 대답 여하에 따라 지금 당장 보낼 전갈이기도 하지."

염부심의 말이 떨어지기가 무섭게 어둠 저편에서 구자정이 비릿한 웃음을 흘리며 그 모습을 드러냈다.

"그 전갈은 이 손 안에 있단다, 아가야."

구자정이 희끗한 종이 뭉치 두 개를 윤을 향해 흔들며 이죽거렸다.

"어찌할 텐가?"

염부심이 물었다.

윤은 쉽사리 입을 열 수가 없었다.

하지만 그의 가슴은 이미 그 대답을 결정한 상태였다.

"내가 그대 말을 어떻게 믿을 수 있을까?"

"그건 내가 상관할 바가 아닌 것 같은데. 그렇기에 지금 이 상황에서 던질 질문도 아닌 것 같고……."

두 사내 사이에 무거운 침묵이 감돌았다.

그 침묵을 깨며 염부심이 입을 열었다.

"후후……. 대답하기 곤란하다면 어쩔 수 없는 일이지. 가슴이 아프지만 나로서도……."

"하지."

윤이 짧게 말을 했다.

그에 염부심의 입가에 흡족한 미소가 감돌았다.

끄덕—

염부심이 저 멀찍이 서 있는 구자정을 향해 고갯짓을 하자, 구자정이 알았다는 듯 손을 가볍게 흔들었다.

그 모습을 윤이 무거운 표정으로 바라보고 있었다.

그런 그에게 염부심이 말을 했다.

"령령이라 하던데, 약속의 증표로 그녀를 먼저 보내도록 하지. 천외천주를 없앴다는 소식이 들리면 그땐 아가씨를 풀어주겠다. 후후후……."

第九章

천외천주, 그리고 천문의 영주 (상)

수호무사

어둠 속을 움직이던 은영들이 동시에 걸음을 멈췄다.

"……."

전방의 삼엄한 경계를 바라보는 그들의 표정에 긴장감이 역력했다.

아무리 고도의 훈련을 받은 은영들일지라도 상대는 천외천의 무사들이었다.

그들 또한 은영들처럼 죽음을 넘나드는 수련을 한 사람들이었다.

누가 우세하다고 말할 수 없는 박빙의 전력을 갖춘 무인들인 것이다.

후방 교란의 임무를 맡은 곽한이 더없이 예리한 눈빛으로 전방의 상황을 파악했다.

아무런 소란도 일으키지 않고 담을 넘을 수 있으면 좋으련만, 아무리 봐도 그건 불가능에 가까운 일이었다.

"최대한 빨리 경계자들을 제거하고 담을 넘는다."

곽한이 약간의 내력을 실어 속삭이듯 말을 하자 주변의 은영들이 묵묵하게 고개를 끄덕였다.

"간다."

곽한이 짤막한 한마디를 남긴 채 빠르게 어둠을 갈랐다.

삐이이익―

귀를 찢을 듯 울리는 호각 소리가 적의 침입을 긴급하게 알렸다.

"천문의 놈들이다!"

챙!

천외천 무사들이 일직선으로 짓쳐드는 은영들을 향해 검을 뽑아 들곤 외쳤다.

서로 간의 거리는 빠르게 좁혀졌다.

차라랑―!

천외천의 한 무인이 두 눈을 번뜩이며 자신을 향해 달려드는 곽한을 향해 거침없이 검을 휘둘렀다.

피잇―!

간발의 차로 천외천 무인의 검을 옆으로 흘린 곽한이 그의 품속을 파고들어 우측 어깨로 가슴팍을 밀쳐 냈다.

그리고 뒤로 주춤거리는 천외천 무인의 목 근처로 희끗한 빛이 지나갔다.

서걱―

밀려나는 천외천 무인의 목젖에서 시뻘건 핏물이 왈칵 쏟아졌다.

"크으으윽―"

목을 부여잡고 휘청거리는 천외천 무인이 억울한 듯 곽한을 노려봤다.

하지만 그것도 잠시.

그의 신형이 곧바로 차가운 땅 위로 쓰러졌다.

그 모습을 잠시 일견하던 곽한이 미련없이 천외천의 담을 훌쩍 넘어버렸다.

은영들이 담을 넘기가 무섭게 천외천 무인들이 구름 떼처럼 몰려들었다.

경계를 서던 무인들과는 차원이 다른 고수들이었다.

담을 넘은 은영들은 고작 열댓 명인데, 그들을 포위한 천외천 무인들의 수는 무려 오륙십은 됨 직 보였다.

하지만 은영들의 표정에 두려움은 없었다.

오히려 그들의 얼굴에는 자신감이 넘쳐흘렀다.

"천문의 쥐새끼들이 감히 겁도 없이 천외천의 담을 넘었다는 말이냐!"

천외천 무인들을 이끌고 온 호표준이 노성을 내질렀다.

그러던 그가 어둠 속의 한 인물을 발견하고는 비릿한 미소를 지었다.

상대는 곽한이었다.

"오호라! 이게 누구신가? 밀영대주가 아니신가?"

곽한을 바라보는 호표준의 눈가가 치솟는 분노로 파르르 떨렸다.

"반갑구나, 호표준."

곽한이 서슴없이 하대를 내리깔았다.

곽한이 천외천에 숨어들어 세작 노릇을 하던 당시 그보다 서열이 낮던 호표준였다.

"반가워? 여기가 어디라고! 네놈이 제 발로 무덤을 찾아 기어들어 왔구나."

스르릉—

호표준이 느릿하게 검을 뽑아 들고는 곽한을 죽일 듯 노려봤다.

말을 호기롭게 내뱉었지만, 지금 이 순간 호표준은 심장이 두근두근 떨렸다.

곽한의 정체가 천문의 부영주임을 익히 알고 있었던 까닭이다.

은영칠주는 호표준이 감히 꺾을 수 있는 상대가 아니었다.

"……."

순간 호표준이 측근의 인물과 눈빛을 교환했다.

이 사실을 상부에 신속하게 보고하라는 의미였다.

파파팍—

호표준의 의도를 읽은 수하가 잽싸게 장내를 벗어났다.

그 모습을 보고도 곽한은 물론 은영들 또한 아무런 움직임을 취하질 않았다.

그 모습에 호표준이 고개를 살짝 갸웃거렸다.

곧 있으면 훨씬 더 많은 천외천 무인들이 몰려올 터인데, 상대의 태도가 너무도 태연자약했기 때문이다.

그러던 한순간 호표준이 미간이 팍 찡그려졌다.

'이, 이놈들만 온 것이 아니로구나! 이놈들은 미끼에 불과할 뿐이다!'

호표준이 이제야 상황을 파악했는지 사뭇 당황한 표정을 지었다.

그 모습에 곽한이 피식 미소를 흘리곤 입을 열었다.

"이제야 눈치챘는가!"

팟—

곽한이 번개처럼 신형을 뽑아 들어 호표준을 향해 달려들었다.

쩌어어엉—!

태산마저도 가를 듯한 엄청난 기세가 호표준의 정수리를 향해 떨어져 내렸다.

그에 호표준이 경직된 표정으로 보법을 바삐 밟으며 곽한의 공격을 회피했다.

하지만 호표준은 곽한의 공격에서 자유롭지 못했다.

언제 따라붙었는지 곽한의 검이 호표전의 전신 요혈을 호시탐탐 노리고 있었다.

까가강―!

연달아 터지는 금속성과 불꽃.

곽한의 검을 튕겨낼 때마다 호표준의 손끝이 욱신거렸고, 속이 울렁거렸다.

'이것이 은영칠주의 힘이란 말인가!'

내심 호표준인 감탄을 터뜨렸다.

그러던 어느 순간,

츠아악―!

옆구리에서 전해진 시큰한 고통이 호표준의 정신을 화들짝 깨웠다.

"……!"

호표준의 쩍 벌어진 옆구리에서 핏물이 꾸역꾸역 흘러내렸다.

호표준이 좌수로 상처가 난 옆구리를 와락 틀어쥐곤 곽한을 노려봤다.

'제대로 된 공격 한번 펼쳐 보지 못하다니!'

삽시간에 일어난 참담한 결과에 호표준의 자존심이 와르르 무너져 내렸다.

하지만 이대로 물러날 수는 없는 일.

호표준이 어금니를 꽈득 깨물곤 죽음을 각오한 듯 곽한을 향해 짓쳐들었다.

　　　　*　　　*　　　*

　어둠의 허공으로 엄청난 금속성과 절규에 가까운 단말마의 비명 소리가 마구 울려 퍼졌다.

　현장에서 한참 떨어진 장소에 있지만, 사투의 현장 안에 있다는 착각이 일 정도였다.

　"……."

　윤이 상황을 예리하게 파악하고 있었다.

　그의 옆에서는 원치경과 건유운이 명령을 기다리고 있었다.

　그렇게 한 식경이 지날 쯤, 윤의 입이 열렸다.

　"은영삼주께서 길을 열어주시고, 은영사주께서는 후방을 맡아주십시오."

　"조심하셔야 합니다. 상대는 천외천주입니다."

　건유운은 여전히 윤에 대한 걱정을 떨쳐내지 못하고 있었다.

　"조심할 터이니 너무 걱정은 마십시오."

　윤이 살짝 미소를 지어 보이며 대답했다.

　"무리가 될 것 같으면 지체없이 몸을 빼내십시오. 명심하셔야 합니다."

　원치경 또한 걱정이 되기는 마찬가지였다.

　"부탁드립니다."

윤이 원치경의 두 눈을 지그시 바라보며 말을 하자 원치경이 무겁게 고개를 끄덕였다.

파앗—

순간 원치경이 어둠 속을 내달렸다.

그러자 그것이 신호라도 된 양 수많은 은영들이 그의 뒤를 쫓으며 한 점 빛이 되어 어둠을 갈랐다.

곽한이 천외천의 시선을 후방으로 끌었음에도 불구하고 전방의 경계가 허술해진 것은 별로 없었다.

하지만 그들의 시선이 분산된 것만은 분명했다.

그것 하나만으로도 은영들의 움직임에 커다란 이득을 안겨주었다.

원치경의 열기 가득한 검에는 한 점의 인정도 담겨 있질 않았다.

그의 검이 허공을 가를 때마다 어김없이 선혈이 뿜어져 나왔고, 커다란 육신들이 썩은 통나무가 된 듯 땅 위에 꼬꾸라졌다.

그의 신기에 가까운 무용에 덩달아 은영들의 기세도 하늘을 찌를 듯 높아졌다.

하지만 천령들이 싸움판에 끼어들면서부터는 판도가 조금씩 바뀌기 시작했다.

밀고 밀리는 난전.

그때 건유운과 그를 따라는 은영들이 사투 속으로 뛰어들었다.

쩌저정—!

건유운이 장내에 들어서며 일 검을 내려치자 그 힘에 위협을 느낀 천외천 무인들이 약속이나 한 듯 썰물처럼 뒤로 쭉 밀려났다.

"……"

건유운이 서 있는 곳에 일순 정적이 찾아들었다.

"제법인데?"

새파랗게 젊은 무인 하나가 건유운 앞으로 나서며 오만한 태도를 보였다.

일견하기에도 범상치 않는 실력을 가진 자로 느껴지는 인물이었다.

"천령인가?"

건유운이 물었다.

"은영칠주의 실력이 천령과 그 어깨를 견줄 만하다던데… 그 말이 가히 허언은 아닌 것 같군."

젊은 천령이 긴장을 늦추지 않은 채 입을 열었다.

"후후……. 천령과 어깨를 견줄 만하다? 어쨌든 칭찬으로 듣지."

구우우우우—

건유운이 피식 미소를 흘리곤 일신의 내력을 검으로 끌어모았다.

건유운이 뿜어내는 기운에 위축이라도 된 것일까.

천령의 두 눈이 가늘게 좁혀졌다.

"유운, 뒤를 부탁한다!"

그때 원치경이 허공에 일갈을 내지르곤 전방을 향해 내달렸다.

그런 원치경을 막아서려는 천외천의 무인들과 은영들이 또 한 차례 피 튀기는 혈전을 펼쳤다.

"은영사주 건유운이다. 은영칠주의 힘이 어떤 것인지 보여주도록 하지."

건유운이 천령을 향해 느릿하게 걸음을 떼며 중얼거렸다.

분명 움직이고 있건만 그의 움직임은 애초에 그 장소에 있던 것처럼 정지되었다는 착각이 들었다.

그러던 어느 순간,

쩌저정—!

건유운이 검을 내려치자 엄청난 빛무리가 천령을 삽시간에 휘어감아 버렸다.

콰콰쾅—!

대지가 들썩일 만큼 대단한 폭발음을 어둠을 울렸다.

그 충격에 뒤로 몇 걸음 물러난 천령이 두 눈을 부릅뜨곤 건유운을 노려봤다.

전력을 다해 건유운의 검을 맞받아쳤던 천령.

그 결과 기혈이 들끓고 뒤로 밀린 사람은 자신이었다.

쉽게 이길 것이라고는 생각 안 했지만, 그렇다고 이렇게 쉽게 자신이 밀릴 것이라고도 생각하지 못했다.

건유운의 일 검에 담긴 위력이 정말 가공할 정도로 위험해 보였다.

그 일격을 견디기가 힘들 정도였다.

하지만 천령 것만큼은 아니지만, 기혈이 조금씩 요동을 치는 것으로 보아 건유운이 받은 충격 또한 적지 않았다.

부르르-

건유운의 손목 부위가 파르르 떨렸다.

그만큼 천령의 반격이 만만치 않았던 까닭이다.

'길게 끌 싸움이 아니다!'

아직 정상의 몸이 아닌 건유운이 내심 중얼거렸다.

싸움을 길게 끌어봐야 불리한 쪽은 자신임을 건유운은 알 수 있었다.

팟-!

생각이 일자 건유운의 신형이 천령을 향해 튕겨졌다.

쾌애애액-!

천령이 자신을 향해 또다시 짓쳐드는 건유운을 향해 망설임 없이 반격을 해갔다.

한 번의 격돌로 건유운의 능력이 얼마나 대단한지 느낀 그로서는 최선을 다할 수밖에 없었다.

콰과광!

검과 검이 허공에서 거칠게 부딪쳤다.

구오오오-!

내력으로 서로를 밀어내려는 건유운과 천령.

그들의 대결은 한 치의 양보도 존재하질 않았다.

그러던 어느 순간, 천령의 낯빛이 일순 까맣게 물들었다.

'내, 내가 밀리다니!'

대지를 움푹움푹 파내며 조금씩 뒷걸음질치는 천령.

그의 입가에 실낱같은 핏물이 흘러내렸다.

천령은 당혹스러웠다.

은영칠주가 아무리 대단하다 하나 자신과 비슷한 실력일 것이라 생각했는데 막상 건유운과 맞붙고 보니 그것이 아니었다.

'이대로 가다간 피를 토하며 쓰러지는 쪽은 나다!'

천령의 머릿속으로 다급한 고민이 스쳤다.

결정을 내려야만 했다.

끝까지 내력 싸움을 하든지 아니면 지금 당장에라도 신형을 뒤로 빼든지.

하지만 천령은 쉽사리 결정을 내리지 못했다.

내력 싸움을 시작한 이상 몸을 빼내는 것은 생명을 건 위험한 행동이었기 때문이다.

그렇다고 피를 토하며 쓰러질 수도 없는 노릇.

번쩍—

천령의 두 눈에서 섬뜩한 불꽃이 일었다.

순간 그의 입에서 기합이 터져 나왔다.

"하압!"

일신의 내력을 모조리 끌어 모아 건유운의 검을 튕겨낸 그가 망설임없이 검을 횡으로 휘둘렀다.

쾌애애애애액—!

건유운의 허리가 당장에라도 천령의 검에 의해 양단이 될 분위기였다.

하지만 천령의 검이 닿기도 전에 건유운의 신형은 이미 공중으로 날아오른 뒤였다.

태산과 같은 힘도 모자라 건유운의 몸놀림은 신기에 가까웠다.

공중에서는 분명 몸을 움직이기가 수월치 않다.

하지만 건유운에게 있어서는 그것이 제약이 될 수가 없었다.

스가가각—!

뼈가 긁히는 섬뜩한 소음이 울려 퍼졌다.

공중으로 비약했던 건유운이 땅 위로 내려서기가 무섭게 휘두른 검에 의해 천령의 견골이 갈리는 소리였다.

'크으으윽—!'

천령이 이를 악다물고 고통을 감내하며 건유운의 검을 튕겨 내려 안간힘을 썼다.

적지 않은 양의 핏물이 튀어 올라 그의 시야를 가렸지만 천령은 개의치 않았다.

터어엉!

천령의 발악에 가까운 반격에 건유운이 어쩔 수 없이 신형을 뒤로 슬쩍 물렸다.

그 순간 천령이 숨을 크게 고르며 밀려오는 고통을 떨쳐내려 했다.

그런데,

푸우욱—!

"커어억—!"

천령의 입에서 갑갑한 신음성이 새어 나왔다.

그런 그의 심장을 뚫은 건유운의 검이 등 뒤로 삐죽이 솟아나왔다.

분명 건유운은 뒤로 물러섰건만 어떻게?

죽어가면서도 천령은 자신의 심장이 뚫린 의문을 해결할 수 없었다.

풀썩—!

*   *   *

처음 와본 천외천이지만, 마치 수십 년을 기거했던 사람처럼 윤의 움직임에는 거침이 없었다.

원치경과 은영들이 길을 뚫기가 무섭게 그의 신형이 빛처럼 천외천의 중심을 향해 뻗어갔다.

수많은 천외천 무인이 그를 막고자 나섰지만, 용혈검의 시린 검날에 모두가 속수무책으로 무너졌다.

그렇게 수많은 무인의 피를 보고 나서야 윤은 마침내 천외천 심장부의 담을 넘을 수 있었다.

"……."

달빛이 내려앉은 세상이 오늘따라 유달리 밝았다.

노자군이 뒷짐을 진 채 물끄러미 밤하늘을 올려다보았다.

"만월이 참 아름답지 않은가. 전대 천문의 영주인 무진강이 나를 찾아왔을 때도 오늘처럼 만월이 차오를 때였지. 그가 키운 후인이 누구인지 궁금했는데, 이제야 보게 되는구나."

노자군이 신형을 돌려세워 윤을 가만히 바라봤다.

"……."

앳된 모습이었지만, 윤의 얼굴에서는 온갖 세월의 풍파를 이겨낸 흔적이 엿보였다.

그리고 그의 전신에서 일대종사의 위엄이 느껴지는 기세가 도도히 넘쳐흘렀다.

그래서일까.

윤과 마주한 노자군은 마치 무진강과 마주하는 느낌이었다.

"후후후……."

노자군이 자신의 상대로서 전혀 손색이 없는 윤을 바라보며 흡족한 듯 고개를 끄덕였다.

"닮았구나. 그 모든 것이 너무도 많이 말이야."

윤의 얼굴에서 무진강을 본 노자군이 중얼거렸다.

휘이이이잉—

때마침 불어온 세찬 밤바람이 두 사내 사이를 휩쓸고 지나갔다.

"……."

흩날리는 흑발 사이로 드러난 윤의 두 눈.

고요한 호수처럼 그 깊이를 알 수 없을 만큼 깊은 눈동자였다.

하지만 순간순간 드러나는 번뜩임은 상처 입은 맹수의 그것보다 더욱 섬뜩했다.

우-우-우-웅—

윤의 전신에서 천문의 내력과 천살성의 기운이 조금씩 발현되기 시작하자 주인의 뜻을 읽은 용혈검이 기이한 울음을 떨쳐냈다.

"서두른 이유가 무엇이더냐?"

노자군이 담담하게 물었다.

노자군은 윤과 천문이 양패구상을 일으킬 수 있는 전면전을 펼친 이유가 궁금했다.

물론 어렴풋 짐작은 하고 있지만 확실히 확인을 하고 싶었기 때문이다.

"내 손에 무유화가 없음을 너 또한 알 터, 제삼의 존재가 내가 아는 인물인 것이냐?"

"그렇소."

윤이 솔직히 대답했다.

더 이상 감출 것도 없었다.

어차피 이 어둠이 가시면 둘 중 하나는 이 세상에서 사라져야만 했기 때문이다.

그것이 천문이든 천외천이든 말이다.

"염부심이더냐?"

"그렇소."

윤의 똑같은 대답에 노자군이 씁쓸한 미소를 지어 보였다.

"괜한 욕심으로 화를 자초한 꼴이구나. 어리석구나. 정말 어리석었구나……."

스스로를 책망하는 노자군의 가슴으로 후회가 물밀 듯 밀려들었다.

모든 것이 손을 내밀면 닿을 거리에 있었는데, 이제는 그 모든 것이 연기처럼 사라져 버린 후였다.

"내 너를 그동안 너무 얕보고 있었구나. 너란 존재를 조금만 더 일찍 알았다면 이토록 허무하게 무너지지는 않았을 터인데……. 후후……."

노자군의 입가에 자조적인 미소가 걸렸다.

"이제라도 그 사실을 알았으니 이 또한 다행이라 여기고 감사를 해야겠지."

저벅—

말을 마친 노자군이 느릿한 걸음으로 윤을 향해 조금씩 거리를 좁혀왔다.

그리고 그 거리가 칠팔여 장이 되었을 때, 그가 걸음을 딱 멈추었다.

'으음…….'

윤의 기세를 읽던 노자군이 내심 깊은 한숨을 내쉬었다.

가까이 와서 보니 윤이 뿜어내는 기세가 더욱 위험스럽게 느껴졌던 까닭이다.

예전 무진강이 뿜어내는 기운보다 오히려 더 강맹한 것 같았다.

아무리 천고의 기재로 태어났다고 해도 내력이라는 것은 무공의 초식과 달리 하루아침에 쌓을 수 있는 물건이 결코 아니었다.

부단한 노력과 그에 부합되는 세월이 지나야만 경지에 오를 수 있는 것이다.

젊은 고수의 몸뚱이에서 어찌 저렇게 위력적인 기운이 뿜어져 나올까 노자군은 무척 의문스러웠다.

그때 노자군의 머릿속으로 천문에서 구전으로 전해져 내려오는 전설이 문득 떠올랐다.

생각이 떠오르자 노자군의 입이 저절로 열렸다.

"천살성?"

그토록 담담하던 노자군의 낯빛이 일순 딱딱하게 굳어졌다.

"그렇소. 내가 바로 천살성이란 하늘의 저주를 안고 태어난 사람이오."

"그랬군. 그런 거였어."

전설이 사실로 밝혀진 놀람보다는 이제야 궁금증에 대한 답답함이 해소되어 반가웠는지 노자군이 평소의 신색을 되찾곤 중얼거렸다.

"전대 천령들이 너의 손에 쓰러진 것이 결코 우연이 아니었던 거구나."

 노자군이 윤의 고요한 두 눈을 가만히 직시하며 입을 열었다.

 "다행이라면 다행일까. 네놈이 정상처럼 보이지는 않는구나."

 "버틸 만하오."

 "나 또한 정상의 몸은 아니니 그리 불공평한 대결만은 아닐 것이다."

 구오오오오—

 노자군의 전신으로 열기를 한껏 머금은 기이한 아지랑이가 피어올랐다.

 그 열기가 얼마나 뜨거운지 이글거리는 소음이 주위로 퍼져 나간다는 착각이 들 정도였다.

 "둘 중 하나는 죽어야 끝나는 싸움! 목숨을 걸어야 할 것이다. 나 또한 전력으로 네 목숨을 취할 각오이다."

 노자군이 부지불식간 시뻘겋게 충혈된 두 눈으로 윤을 노려보며 말을 했다.

 그에 윤의 기세 또한 폭주를 하기 시작했다.

 "오라."

 노자군이 두 팔을 길게 늘어뜨린 채 짧게 말을 했다.

 천하에 감히 찾아보기 힘들 것만 같은 위엄이 묻어나는 음성이었다.

 구오오오오—

윤이 용혈검을 중단으로 끌어올려 노자군의 미간을 겨냥했다.

"무상류로 그대를 꺾을 것이오."

윤이 말을 했다.

"무진강의 무상류라면 충분히 나와 겨룰 수 있겠지. 하나 과연 나를 꺾을 수 있을지는 의문이구나."

찌르르릉―!

검붉게 물든 용혈검의 검 끝이 세차게 요동을 쳤다.

지금껏 만나지 못한 거대한 적을 두고 용혈검 또한 잔뜩 긴장을 하고 있는 듯했다.

휘이이잉―

또다시 두 사내를 가르는 밤바람.

순간, 거대한 경력이 밤바람을 몰아내며 윤의 전신을 향해 몰아쳤다.

만물을 휩쓸어 버리는 태풍의 힘이 이러할까.

믿을 수 없는 힘이었다.

윤은 예전에도 앞으로도 이런 힘은 느껴볼 수가 없을 것만 같았다.

쩌정―!

윤이 노자군의 거력을 양단할 기세로 용혈검을 내려쳤다.

콰앙―!

검과 기운의 부딪침.

놀랍게도 폭발음이 터짐과 동시에 희끗한 불꽃이 일었다.

휘이이익—!

노자군이 신형을 붕 띄워 허공에서 두 손을 어지럽게 교차했다.

촤아아아—!

그런 그의 두 손에서 수십 가닥의 흰색 빛줄기가 윤의 전신 요혈을 향해 쏟아져 내렸다.

쩌저저저적—!

용혈검이 눈에 보이지도 않을 속도로 그 흔적만을 남기며 정신없이 흔들렸다.

그에 용혈검에 부딪친 빛줄기가 사방으로 튕겨 나갔다.

파파팍—!

노자군의 공격을 막아내는 윤의 신형이 깊은 족적을 남기며 뒤로 연신 밀렸다.

정말 꺾지 못할 강력한 공격처럼 느껴졌다.

쩌어어억—!

순간 뒤로 밀리던 윤이 일신의 내력을 용혈검에 담아 노자군을 향해 힘껏 내려쳤다.

쿠과과광—!

또다시 터지는 거대한 폭발음.

아무리 윤의 상처가 아물지 않았다 하나, 그 힘을 감히 맞받아칠 용기가 나질 않았는지 노자군이 신형을 빠르게 피해내며 그 힘을 뒤로 흘렸다.

깊숙이 파인 대지.

노자군이 미간이 순간 꿈틀거렸다.
'이것이 천살성의 힘이란 말인가!'
척—!
사뭇 놀란 노자군의 전신을 예리하게 주시하며 윤이 조심스럽게 좌로 비껴 돌았다.
그의 얼굴이 창백했다.
급작스럽게 진력을 끌어올린 탓에 기혈이 들끓었기 때문이다.
물론 노자군의 상태라고 좋을 리는 없었다.
내력을 사용할 때마다 폐부가 찌르는 아픔이 수반되었다.
어금니를 꽈득 물지 않고서는 참기 힘든 고통이 매 순간 노자군을 괴롭히고 있었던 것이다.
딸깍—
윤이 용혈검을 옆으로 비스듬하게 꺾었다.
이는 무상류의 기수식이었다.
"제가 먼저 가리까, 아니면 그대가 올 테요?"
윤이 전신 감각을 활짝 연 채 말을 하자 노저군의 두 눈에서 빛이 번쩍거렸다.
전부는 아니지만 서로의 실력이 어떤지는 이제 어렴풋이 알 수 있었다.
이제부터 진짜 목숨을 건 한판 승부가 될 것이고, 단 한 번의 실수가 생사를 결정할 것이다.
"……."

순간 고요가 찾아들었다.

그 위험한 침묵에 어둠이 숨을 죽였다.

파팟-!

노자군의 신형이 대지를 낮게 쓸며 바람처럼 짓쳐들었다.

엄청난 속도로 거리를 좁히는 노자군이었다.

그리고 그가 다가설수록 저항하기 힘든 막강한 기운이 윤의 전신을 압박했다.

찰나지간 노자군이 뿜어낸 거력 안에 갇혀 버린 윤.

쐐애애애애액-!

순간 윤이 접근하는 노자군의 미간을 향해 용혈검을 일직선으로 뻗어냈다.

쩌저저저적-!

그러자 윤을 가둬두던 노자군의 거력에 균열이 생기기 시작했다.

파아아앙-!

노자군이 좌수를 휘둘러 윤의 심장을 노렸다.

네 치만 더 뻗으면 노자군의 미간이 닿을 거리.

순간 윤이 고민했다.

하지만 결정은 더없이 빨랐다.

파파팟-!

윤이 신형을 빠르게 회전을 하며 노자군의 힘을 간발의 차로 뒤로 흘려보냈다.

순간 회전으로 인해 찰나지간 드러난 윤의 빈틈으로 노자군이 맹공을 퍼부었다.
 하지만 윤의 방어도 만만치 않았다.
 까가가강—!
 둘 사이의 공방은 쉴 틈 없이 빠르게 이어지고 있었다.

第十章 천외천주, 그리고 천문의 영주 (하)

수호무사

윤과 노자군과의 경천동지할 싸움이 지속되는 가운데, 밖의 사투 또한 더욱 격렬해지고 있었다.

특히 천문의 원치경과 천외천의 일천의 대결은 하늘을 떨쳐 울릴 만큼 그 격렬함이 엄청났다.

쿠과과광―!

천문의 최고 전사라 할 수 있는 은영삼주 원치경이 일천의 힘에 밀려 뒤로 주르륵 밀려났다.

그런 그의 입에서 갑갑한 신음성이 새어 나왔다.

"하악, 하악―!"

'대, 대단한 놈이로다!'

일천이 단내를 토해내며 거칠게 숨을 몰아쉬었다.

"꽤나 아프구려. 내 살아생전 이토록 고전해 본 적이 없는 것 같소. 그래도 명색이 천하팔검의 일좌를 차지한 나인데 말이오."

원치경이 일천에게 얻어맞은 가슴팍 끝자락을 쓱쓱 문지르며 너스레를 떨었다.

하지만 그의 등골로는 식은땀이 주르륵 흘러내렸다.

반응이 조금만 늦었더라면 그대로 절명을 당할 뻔한 상황이었기 때문이다.

차랑—!

원치경이 검붉은 도를 허공에 떨쳐내며 다시금 투지를 끌어올렸다.

그 모습에 일천의 미간으로 골 깊은 내천 자가 새겨졌다.

빠드득—

일천이 뼈마디가 부러져라 두 주먹을 불끈 쥐곤 원치경을 씹어 먹을 듯한 눈초리로 노려봤다.

"남자 놈의 주둥이가 여인의 그것과 하등 다를 바가 없구나. 아직도 나불거릴 기운이 남아있더란 말이냐?"

사투를 벌이는 와중에도 한숨도 쉬질 않고 조잘대는 원치경 때문에 일천은 조금 과장해서 귀가 욱신거릴 정도였다.

물론 원치경이 떠드는 만큼 그의 기운이 더욱 빨리 쇄진되는 것을 생각한다면 일천이 불만을 토로할 이유는 없었다.

하지만 이상하게도 저놈의 주둥이가 열리기만 하면 오히려 기운이 쭉 빠지는 쪽은 일천이 되어버렸다.

"내 성격이 워낙 활달해서 말이오. 그리고 아무리 목숨을 건 한판 승부라고는 하나 이거 너무 딱딱하지 않소? 하수도 아닌데 여유도 좀 부리고 멋도 좀 내고……. 뭐 이런 것이 고수다운 풍모가 아니겠소. 아니 그렇소, 일천?"

"건방진 놈……."

원치경이 또다시 입을 놀리자 일천의 속이 부글부글 끓어올랐다.

한참이나 어린놈이 자신을 앞에 두고 저런 여유와 입방정이라니.

일천은 저 건방진 원치경을 당장에라도 갈기갈기 찢어 죽이고만 싶었다.

하지만 그것이 마음처럼 쉽지 않았다.

원치경의 성취가 믿을 수 없을 만큼 높은 터라 자칫 자신의 목숨이 나가떨어질 판이었다.

지금까지의 형세로 본다면 원치경이 일천에게 조금씩 밀리는 형국이지만, 일천은 내심 고개를 절레절레 흔들었다.

'본신의 능력을 교묘히 감추고 있는 능구렁이 같은 놈이로다. 인정하기 싫지만 결코 내 아래가 아니야.'

일천이 싱글벙글 웃고 있는 원치경의 면면을 싸늘하게 노려보며 속으로 중얼거렸다.

원치경의 표정과 언행은 정말이지 이 상황과 전혀 어울리지 않는 것들이었다.

"뭘 생각을 그리 골똘히 하시오? 설마 벌써 지치신 게요? 허긴 나이가 나이인데, 너무 무리하지는 마시오. 그러다 다리에 힘이라도 풀리면 그보다 더 개망신이 어디 있겠소? 명색이 천외천의 일천인데 말이오. 껄껄껄!"

원치경이 능글능글한 웃음을 지었다.

그에 일천의 관자놀이로 굵직한 핏대가 솟아올랐다.

"노, 노옴!"

일천의 어금니가 절로 뿌득뿌득 갈렸다.

하지만 그토록 얄미운 원치경이지만, 그를 향해 쉽사리 공격을 가할 수가 없었다.

고전하는 건 원치경뿐만이 아니었다.

일천 또한 한시도 긴장의 끈을 놓칠 수 없었다.

"오너라! 이놈! 내 네놈의 주둥이를 찢어주마!"

일천이 희멀건 이를 드러내며 으르렁거렸다.

그에 원치경이 어깨를 으쓱거리며 고개를 갸웃거렸다.

"거참, 이상한 말이오. 가면 주둥이가 찢어질 텐데 과연 그 누가 있어 그리로 갈 수 있단 말이오?"

한숨도 쉬질 않고 이죽거리는 원치경의 모습에 일천의 피가 거꾸로 치솟고 있었다.

"이, 이, 이……."

일천의 두 눈이 이글이글 타올랐다.

그러던 한순간,

파앗—!

일천이 대지를 박차며 원치경을 향해 달려들었다.

그런 그의 신형이 달려오던 도중 허공에서 허깨비처럼 사라졌다.

 찰나지간 일어난 거짓말 같은 상황에 원치경의 표정이 딱딱하게 굳어졌다.

 쾌애애애액—!

 원치경이 신형을 풍차처럼 회전시키며 검붉은 검을 빠르게 휘둘렀다.

 퍼어엉—!

 순간 가죽 북이 터질 듯 둔탁한 폭발음이 터짐과 동시에 사라졌던 일천의 모습이 다시 나타났다.

 휘리릭—

 원치경과 일천이 뿜어내는 상승의 내력으로 갑자기 주위의 기류가 급류로 바뀌었다.

 눈에 보이지도 않는 속도로 서로를 향해 공격을 해대는 원치경과 일천.

 여전히 원치경이 밀리는 형국.

 퍼억—!

 파파팍—!

 결국 또 한 번의 일격을 허용한 원치경이 허겁지겁 신형을 뒤로 물렸다.

 그는 밀려나는 와중에도 급박한 움직임을 보이며 일천을 향해 쉼없이 검을 휘둘렀다.

 고통을 느낄 겨를도 없었다.

한순간의 방심이 그대로 절명으로 이어질 싸움이었기 때문이다.

쩌엉—!

방어에만 급급하던 원치경이 이번에는 일천을 향해 일격을 가했다.

일천의 공격을 살짝 맞아줌과 동시에 번개처럼 가한 공격이었다.

일천으로서는 전혀 예상치 못한 공격이었다.

자신의 일부까지 내어주고 반격을 가할 줄은 꿈에도 몰랐기 때문이다.

더구나 원치경의 검에 실린 힘이 가히 감당키 힘들 정도로 위력적이었다.

일천으로서는 피하는 것이 최고의 방법이었다.

하지만 그는 도무지 피할 엄두가 나질 않았다.

이미 원치경의 검이 지척으로 날아들었기 때문이다.

파아아앙!

일천이 좌수를 쭉 뻗어 태산을 압도할 만큼의 거력을 일시에 뿜어냈다.

어지간한 힘으로 대적했다간 원치경의 검에 목숨이 달아날 것만 같았기 때문이다.

그런데 두 사내의 힘이 막 충돌하려던 그 순간, 원치경의 신형이 아래로 푹 꺼져 버렸다.

그리고,

촤아악—!

순간 일천의 옷가지가 길게 찢기며 그의 가슴팍에 얇은 혈선이 쭉 새겨졌다.

원치경의 신기에 가까운 몸놀림에 화들짝 놀란 일천이 허겁지겁 보법을 밟았다.

가슴에 새겨진 부상 따위는 안중에도 없었다.

사나운 맹수로 돌변한 원치경의 검이 폭풍처럼 일천을 압박하며 짓쳐들었기 때문이다.

* * *

"하아……."

참으려 해도 거친 단내가 윤의 입을 통해 쉼없이 토해졌다.

하지만 그의 눈빛만큼은 여전히 무섭게 타오르고 있었다.

'과, 과연!'

노자군을 바라보는 윤의 눈빛에 놀람이 역력했다.

만약 정상의 노자군과 싸웠다면…….

물론 윤 또한 정상의 몸은 아니었지만, 그래도 윤은 내심 고개를 저었다.

하지만 윤은 어떻게든 노자군을 넘어서야만 했다.

구오오오—!

용혈검의 울음이 다시금 사방을 떨쳐 울렸다.

'무진강을 뛰어넘을 인재로다!'

노자군이 치열한 격전 속에서도 한 점 흔들림 없는 윤을 바라보며 내심 생각했다.

노자군이 바라본 윤은 힘, 실력, 기세, 그 무엇을 나열해도 나무랄 곳이 하나 없는 인재 중의 인재였다.

"끝이 날 것 같지 않았지만 이제야 그 끝을 볼 차례구나."

노자군이 무심한 음성으로 입을 열었다.

역설적인 이야기였지만, 윤은 그 의미를 충분히 이해할 수 있었다.

무진강과 노자군이 그랬듯 지금의 천문과 천외천을 대표하는 윤과 노자군의 대결은 운명이었다.

찌이이이잉—!

용혈검의 검신이 세차게 떨리던 어느 순간,

"하압!"

윤의 입에서 기합성이 터졌다.

윤의 모든 정신과 육신이 무상류가 되어 펼쳐진 전력의 승부였다.

파아아아—!

사방의 공기가 폭풍을 만난 듯 커다란 요동을 치다가도 봄날의 훈풍처럼 부드러웠다.

용혈검의 움직임에 따라 시시각각 변하는 대기의 흐름.

그 영역이 조금씩 넓어져 급기야 노자군을 압박했다.

촤아아악—!

순간 노자군이 두 팔을 어지럽게 교차하며 윤이 만들어낸 무형의 영역을 깨뜨리며 그의 품을 파고들었다.

　두 사내의 격돌로 일어난 엄청난 기세가 사방으로 퍼져 나갔다.

　만약 주변에 그 누구인가가 있었다면 그 기세에 피를 토하며 쓰러질 것만 같은 대단한 힘이었다.

　쩌저저적―!

　윤이 만들어낸 무형의 기세에 조금씩 균열이 생기더니 빠른 속도로 파괴되고 있었다.

　과연 천외천주 노자군의 힘은 상상 이상이었다.

　그 끝을 알 수 없는 노자군의 노도와 같은 힘이 유형의 빛이 되어 윤의 몸뚱이 곳곳에 피보라를 일으켰다.

　그리고 윤과 노자군의 대결은 삽시간에 광란의 도가니로 빠져버렸다.

　끼기기기긱―!

　허공에서 용혈검과 노자군의 기운이 부딪치자 쇠가 긁히는 섬뜩한 소음이 일었다.

　조금씩 밀리는 용혈검.

　천살성의 기운과 천문의 내력을 모두 용혈검에 담아냈지만, 그럼에도 불구하고 노자군의 힘을 제압할 수는 없었다.

　실로 대단한 힘이었다.

　정말 부상을 당한 몸일까 하고 문득 윤은 의심이 들었다.

　휘리리릭―!

　순간 노자군의 우수가 아래로 기이한 회전을 일으키며 윤의 빈틈으로 짓쳐들었다.
 끼기기긱―!
 막아내는 용혈검의 검신이 세찬 울음을 터뜨렸다.
 윤도 노자군도 그 모두가 상대에게 정타를 허용하는 순간 모든 것이 끝나는 싸움이었다.
 단 한 순간도 정신을 팔 수 없는 절체절명의 상황.
 콰콰콰―!
 용혈검이 비껴낸 노자군의 눈부신 광채가 땅에 작렬하며 폭음을 울렸다.
 윤은 다시 한 번 가슴을 쓸어내릴 수밖에 없었다.
 하지만 그것도 잠시.
 쩌저정―!
 이번엔 용혈검이 노자군의 향해 거센 반격을 시작했다.
 콰콰광―!
 경천동지의 싸움은 그 끝이 어떨지 알 수 없는 방향으로 치닫고 있었다.
 두 사내의 힘을 이기지 못한 주위는 이미 폐허나 다름없는 모습으로 변해 있었다.
 쾌애애액―!
 한번 기세를 올린 용혈검이 방어에 열을 올린 노자군을 정신없이 몰아쳤다.
 방금 전까지만 해도 연신 뒤로 밀리던 윤이었는데, 자신이 언제 그랬냐는 듯 엄청난 기세를 퍼붓고 있는 것이다.

츄아아악—!

생살이 베이는 섬뜩한 소음이 터짐과 동시에 시뻘건 핏물이 허공에 튀어 올랐다.

마침내 노자군의 몸뚱이에 상처가 나는 순간이었다.

노자군의 얼굴에 놀람이 가득했다.

그 누구도 뚫을 수 없다 자신하던 자신의 호신강기가 무진강 이후로 윤에 의해 또다시 뚫려 버린 것이다.

하지만 그 기분만큼은 무척이나 묘했다.

상처로 인한 고통이 노자군을 괴롭히진 못했다.

오히려 그 고통으로 인해 노자군은 자신이 살아 있음을 느낄 수 있었다.

오감은 더욱 활짝 열렸고 정신은 더욱 맑아졌다.

콰과과광—!

재차 폭발음이 터졌다.

천하에 이토록 격렬한 싸움이 또 있을까 싶을 엄청난 충돌이었다.

파파파팍—!

누가 먼저랄 것도 없이 허겁지겁 뒤로 물러서는 윤과 노자군.

"……."

윤의 목구멍으로 뜨끈한 그 무엇이 울컥 솟구쳤다.

하마터면 그의 앞섶이 시뻘건 핏물로 흥건하게 젖을 뻔했던 것이다.

들끓는 기혈을 억지로 참아서일까, 윤의 안색이 급속도로 창백해지기 시작했다.

무시할 수 없는 내상을 입을 것이 분명해 보였다.

이 상태에서 노자군이 재차 공격을 가한다면 필패가 당연해 보였다.

하지만 윤의 상태를 뻔히 지켜보고 있는 노자군은 쉽사리 공격을 가할 수 없었다.

윤의 상태가 악화된 것처럼 노자군의 몰골도 말이 아니었던 까닭이다.

조각조각 찢어진 그의 의복이 붉게 물들어 있었다.

힘겹게 쏟아지는 거친 숨결에서 노자군 또한 윤처럼 지칠 대로 지쳤음을 느낄 수 있었다.

두 사내의 진기가 고갈이 났다 해도 하등 이상할 것이 없는 치열한 사투였다.

"……."

윤이 아랫입술을 피가 나도록 깨물며 조금씩 무뎌지는 정신을 재차 고쳐 잡았다.

이제는 정신력의 싸움이었다.

그리고 윤은 이 승부가 막바지로 접어들었음을 느낄 수 있었다.

꽈악—!

용혈검을 부여잡은 윤의 손등으로 굵직한 혈관들이 힘차게 요동을 쳤다.

파앗―!

윤이 두 눈으로 화염을 내뿜으며 노자군을 향해 번개처럼 달려들었다.

쐐애애액―!

한 점 빛이 되어 노자군의 심장으로 짓쳐드는 용혈검.

그 속에는 여전히 경시하지 못할 힘이 담겨 있었다.

그 모습에 노자군의 얼굴이 딱딱하게 굳어졌다.

무언의 약속처럼 윤과 노자군이 소강상태로 접어든 것은 조금이나마 기혈을 안정시키기 위해서였다.

노자군의 기혈은 아직까지 제자리를 찾지 못하고 미친 듯 날뛰고 있었다.

이는 윤 또한 마찬가지일 것이다.

그런데 저런 공세라니…….

노자군의 낯빛이 흙빛으로 변하는 것은 어찌 보면 당연한 결과라 할 수 있었다.

노자군은 윤의 공격을 맞받아칠 자신이 생기질 않았다.

그렇다고 피할 엄두도 나질 않았다.

그 속도가 가히 섬광을 방불케 했던 까닭이다.

이러지도 저러지도 못하는 절체절명의 상황.

쾌애애애액―!

순간 노자군의 신형이 자신을 향해 짓쳐드는 윤을 향해 튕겨졌다.

이렇게 된 바에는 동귀어진이라도 할 수밖에 없다는 비장한 표정이 그의 얼굴에 떠올랐다.

콰과광—!

절정에 올라선 자들이 뿜어낸 기세는 세상의 어둠을 집어삼킬 만큼 대단했다.

땅이 흔들렸고, 시야를 분간할 수 없을 만큼 희뿌연 먼지가 사방을 뒤덮었다.

주변의 수목이 들판의 갈대처럼 힘없이 휘청거렸고, 언제까지나 굳건히 서 있을 것만 같던 정자의 기둥에 쩍쩍 금이 새겨졌다.

상식의 범주를 벗어난, 하늘도 떨쳐 울릴 만큼의 경천동지할 사투.

콰아앙—!

연신 일어나는 폭발음에 하늘의 별들이 놀라 우수수 떨어질 기세였고, 떨어질 별들을 대신해 헤아릴 수도 없는 핏물이 사방으로 비산해 또 다른 별을 만들었다.

그리고 윤도 노자군도 본능적으로 알 수 있었다.

이제는 그 끝이 곧 보일 것이라는 것을 말이다.

콰쾅!

몇 번의 충돌이 재차 이루어졌다.

윤과 노자군은 충돌이 일어날 때마다 뼈마디가 욱신거렸고, 들끓는 기혈이 생살을 뚫고 나와 사방으로 비산할 것만 같았다.

그러던 어느 순간, 노자군의 몸뚱이가 달구어진 쇳덩이처럼 뜨거운 열기를 뿜어냈다.

전신 곳곳에 숨어 있는 마지막 한 올의 진기까지 짜내어 커다란 무형의 환을 형성한 노자군이 윤을 향해 망설임없이 그 환을 뻗어냈다.

그리고 그 순간 하늘로 향했던 용혈검이 그대로 땅 위로 떨어져 내렸다.

쿠과과과—! 쩌어어엉—!

무서우리만치 갑작스럽게 찾아온 정적.

"……"

사방의 공기는 윤과 노자군의 뿜어낸 기세의 여파를 못 이겨 여전히 거세게 충돌을 일으키고 있었다.

그 충돌에 발맞춰 희뿌연 흙먼지가 높이 치솟아 올라 달빛마저 가려 버렸다.

푸스스스—

김빠진 소음이 잦아들면서 조금씩 드러나는 모습.

"쿨럭—!"

윤이 더 이상 참지 못했는지 갑갑한 기침을 해댔다.

그럴 때마다 검게 죽은 핏물이 그의 입을 통해 봇물처럼 흘러내렸다.

"……"

윤의 두 어깨가 힘없이 축 처져 있었다.

하지만 그의 두 눈은 여전히 노자군을 노려보고 있었다.

그런 노자군의 행색은 비참할 정도였다.

불에 탄 듯 그의 의복은 검게 그을려 있었다.

훤히 드러난 그의 상체 곳곳에서 핏물이 꾸역꾸역 흘러내렸다.

아무리 힘을 주어보지만 그의 초점과 정신은 점점 흐려지고 있었다.

"크크크……."

노자군이 기이한 웃음소리를 흘렸다.

그런 그의 입에서 연신 핏물이 토해지고 있었다.

"강호의 안녕을 지키기 위해 끝없는 강함을 추구한다고? 후후후……. 조사의 생각은 틀렸다. 인간의 본질을 읽지 않은 망상에 불과할 뿐이다."

노자군이 윤을 바라보며 힘겹게 말을 했다.

"그 잘못된 뜻을 바로잡기 위해 이 한 몸을 바쳤거늘. 후후후……."

"모든 것이 끝났소."

윤이 짧은 대꾸를 하곤 노자군을 향해 한걸음 한걸음 힘겹게 걸음을 옮겼다.

노자군은 자신의 죽음이 곧 이루어질 것임을 확신했다.

아니, 윤이 자신의 심장에 검을 찌르지 않아도 어차피 쓰러질 몸이라는 것을 느낄 수 있었다.

"너의 선택이 궁금하구나. 내 느낌이 그러는구나. 너는 분명 무진강과는 다르다고 말이다."

조금씩 다가서는 윤을 향해 노자군이 계속 입을 열었다.
"맞소. 나는 다르오. 내가 바라는 건, 나는 다시 바보가 되고 싶다는 것뿐이오."
노자군의 면전까지 다가온 윤이 그의 두 눈을 무심히 바라보며 말을 했다.
"후후, 바보라……."
바보가 되고 싶다니, 노자군이 윤의 얼굴을 쳐다보며 허탈하게 웃음을 터뜨렸다.
푸욱─!
"허어억─!"
노자군의 입에서 절로 헛바람이 토해졌다.
노자군은 자신의 심장을 파고든 한기 어린 감촉이 무척이나 낯설었다.
이것이 바로 죽음일까. 문득 의아한 생각이 들었다.
"그대는 내가 본 그 누구보다 최고였소."
윤의 음성에 노자군이 희미한 미소를 머금으며 그대로 바닥에 푹 쓰러졌다.

*   *   *

여전히 어둠을 떨쳐 울리는 병장기 소리를 뒤로하고 윤이 걸음을 옮겼다.
그의 걸음은 답답할 정도로 느렸다.

한 걸음을 떼는 것이 이토록 힘에 겨울 줄이야. 하지만 윤은 남은 힘을 쥐어 짜내어 앞으로 전진하고 있었다.

규칙적으로 떨어지는 물방울 소리와 일렁이는 붉은 빛이 사방을 가득 메웠다.

저벅—

음습한 공간을 뚫으며 비틀비틀 걸음을 옮기는 윤.

그의 시선과 정신이 조금씩 흐려지고 있었다.

하지만 초인적인 힘으로 흐려지는 의식을 붙잡은 윤은 걸음을 멈추지 않았다.

그렇게 얼마나 갔을까.

낯익은 얼굴들이 윤의 시야를 사로잡았다.

그사이 부쩍 더 늙어버린, 해골의 몰골이라 해도 과언이 아닌 용노야가 가부좌를 틀고 앉아 명상에 잠겨 있었다.

그리고 그의 옆을 지키고 있는 가오성.

순간 이상한 기척에 눈을 뜬 용사량이 화들짝 놀란 표정으로 윤을 쳐다봤다.

"사, 사형!"

당장 쓰러져도 하등 이상할 것이 없는 윤의 모습에 가오성이 쏜살처럼 튀어나가 옥 문살을 부여잡곤 뒤흔들었다.

'미, 미안해……'

윤이 차마 입 밖으로 꺼낼 수 없는 진심을 마음속으로 되뇌었다.

'하, 할아버지…….'

윤의 두 볼을 타고 흐르는 눈물이 핏물을 씻어 내리고 있었다.

"유, 윤아……."

용사량이 가오성이 그랬던 것처럼 윤에게로 다가와 옥 문살을 붙잡고 말을 더듬었다.

'이런 고초를 겪으셨다니… 죄, 죄송해요.'

윤은 감히 용사량과 가오성의 얼굴을 볼 면목이 없었다.

"물러서세요."

윤이 고개를 떨어뜨린 채 속삭이듯 말을 했다.

구오오오오-!

주인의 울분을 알고 있는 것일까, 순간 용혈검이 기이한 빛을 발하며 미친 듯 울어댔다.

그러던 한순간,

쾌애애애애액-!

서 있을 힘도 없는 윤이 남은 진력을 모두 짜내 전력을 다해 옥문을 향해 용혈검을 연속해서 휘둘렀다.

그러자 옥 문살이 거짓말처럼 잘려 나가 와르르 무너져 내렸다.

"유, 윤아!"

"사형!"

누가 먼저랄 것도 없이 힘없이 쓰러지는 윤을 향해 달려드는 용사량과 가오성.

그들의 표정이 하얗게 질려갔다.
일견하기에도 윤의 상태가 위급하게 보였던 까닭이다.
"오성아! 어서 빨리 밖의 상황을 살펴라!"
용사량이 다급하게 외쳤다.
그러자 가오성이 옥 밖을 향해 쏜살처럼 튀어갔다.

第十一章 그대는 이미 살 수 있는 기회를 잃었다

수호무사

꿈을 꾸듯 몽롱한 시선으로 주위를 살피는 윤.
그의 시야가 조금씩 또렷해졌다.
"윤아, 정신이 드느냐?"
"할아버지……."
윤이 주름진 용사량의 얼굴을 바라보며 천진난만한 웃음을 지어 보였다.
예전 바보무사가 짓던 바로 그 웃음이었다.
"대체 어쩌자고 그런 위험한 일을 벌인 것이더냐. 모, 못난 놈……."
타박하는 용사량의 노안에 메말랐던 눈물이 차올랐다.
"죄, 죄송해요."

한 올 힘도 느껴지지 않는 음성으로 윤이 힘겹게 대꾸를 했다.

"뭐가 죄송하다는 말이더냐? 내 그 말을 듣고자 꺼낸 말이 아니거늘……."

용사량이 윤의 손을 연신 주무르며 살포시 미소를 지었다.

"괜찮은 게냐?"

"대, 대장님……."

그때 훈련대장 이주하가 윤이 누워 있는 침상 곁으로 다가섰다.

참으로 오랜만에 보는 얼굴이었다.

이주하의 몰골이 비루먹은 개처럼 무척이나 초라했다.

하지만 그 어느 때보다도 밝은 얼굴로 이주하가 윤을 내려다보고 있었다.

"어서 부상을 털고 일어나야 않겠느냐. 모두가 윤이 네가 일어나기만을 바라고 있단다."

"예, 명심하겠습니다."

윤은 북받쳐 오르는 감정을 주체할 수가 없었다.

자꾸 눈물이 솟구쳤다.

이렇게 기쁜 날 왜 자꾸만 눈물이 흐르는 것인지…….

"사형, 지금 우는 거야?"

"울긴 누가 운다고?"

윤이 눈물을 훔치며 가오성에게 대꾸했다.

"미안해. 못난 이 사제 때문에……."

여전히 죄책감을 씻지 못한 가오성이 고개를 떨어뜨렸다.
그에 윤이 피식 미소를 짓곤 입을 열었다.
"미안한 줄 알면 이 사형 좀 일으켜 봐."
"어?"
"좀 부축 좀 해달라고."
"아! 그, 그래."
가오성의 부축을 받으며 몸을 일으킨 윤이 자신에게로 몰린 여러 시선이 부담이었는지 뒷머리를 쓸며 어색하게 웃었다.
"어떻게 되었습니까?"
윤이 웃음기를 거두며 용사량의 뒤편에 서 있는 곽한에게 물었다.
큰 사투를 벌였음에도 불구하고 곽한의 상태는 매우 좋아 보였다.
"천외천의 모든 천령과 수뇌들을 제거하는 데 성공하였습니다."
"우리 쪽의 피해는 어떻습니까?"
"은영오주와 육주를 비롯해 많은 은영들이 목숨을 잃었습니다."
승리의 기쁨보다는 저 세상으로 먼저 떠난 동료들의 죽음이 더욱 마음 아픈 곽한이었다.
이는 곽한뿐만이 아니라 천문을 이끄는 모든 은영의 공통된 마음이었다.
당연히 윤의 마음이라고 다를 리 없었다.

그래서인지 곽한의 대답을 들은 윤의 고개가 절로 푹 숙여졌다.

"영주인 네가 고개를 숙인다면 천문을 죽음으로 지켜낸 은영들의 마음이 어찌 편할 수 있겠느냐."

용사량이 짐짓 엄한 표정으로 말을 했다.

하지만 윤의 고개는 쉽사리 들려지지 않았다.

그 시각.

철혈무가에서는 염부심과 그의 동료 천령들이 오랜 시간 동안 서로의 의견을 주고받고 있었다.

"천문의 영주가 부상을 당한 지금이 남은 은영들을 제거할 적기가 아니겠나?"

염부심과 함께 출관한 천령 차광택이 조심스럽게 자신의 의견을 피력했다.

"옳은 말이야. 지금이 정말 적기라 할 수 있지."

구자정이 코끝을 매만지며 차광택의 의견에 힘을 실어주었다.

"어서 빨리 결단을 내려야 하네. 자칫 천문의 영주가 부상을 털고 일어나기라도 한다면 어려워질 수도 있을 게야."

차광택이 침묵하는 염부심을 계속해서 재촉했다.

"한 번 더 무유화를 이용한 계략을 세운다면 굳이 싸울 필요도 없겠지."

이번엔 양석이 불쑥 끼어들어 입을 열었다.

그에 고민하던 염부심의 시선이 그에게로 향했다.

"더 이상 무유화를 이용한 계략은 없을 것이다."

염부심이 사뭇 화난 표정으로 딱 잘라 말을 했다.

"대업보다 사랑이 먼저란 건가? 우습군."

그에 곁에 있던 구자정이 못마땅한 표정으로 피식 미소를 지으며 이죽거렸다.

"말조심해라, 구자정."

염부심이 싸늘한 눈초리로 구자정을 노려봤다.

"내가 틀린 말을 한 건 아니질 않나?"

염부심의 시선을 정면으로 받아내며 구자정이 대꾸했다.

순간 방 안의 분위기가 삽시간에 무겁게 내려앉았다.

"대업이 코앞에 있는데 지금 뭐하자는 겐가. 우리끼리 감정이 상해 좋을 게 없질 않나."

보다 못한 차광택이 나서서 염부심과 구자정을 말렸다.

"천문의 상태는 어떻다 하던가?"

염부심이 먼저 감정을 추스르곤 물었다.

"육 할의 전력이 무너진 상태지. 남은 사 할의 전력도 완벽한 상태는 아니고 말이야. 더구나 천문의 영주와 은영사주의 부상이 심각하다고 하니 미리 빼돌린 천외천의 전력만으로도 충분히 저들을 제압할 수 있을 것이네."

차광택이 염부심에게 말을 했다.

"더 이상 천외천의 전력에 누수가 생겨서는 안 될 것이다."

염부심이 탁자를 톡톡 건드리며 독백하듯 말을 했다.

"그럼 이대로 지켜보자는 말인가? 아까도 말했듯 천문의 영주가 부상을 당한 지금이 저들을 없앨 수 있는 적기란 말일세."

차광택이 답답하다는 듯 언성을 높였다.

"그런 뜻이 아닌 거 같은데……."

구자정이 지나가는 말투로 입을 열었다.

"그런 뜻이 아니라니?"

"그걸 왜 나한테 물어? 염 공자께 직접 들으면 될 것이 아닌가."

차광택이 묻자 구자정이 턱 끝으로 염부심을 가리켰다.

"본가의 조직을 움직인다면 천외천의 전력 누수를 막을 수 있을 것이다."

"그것이 가능할까?"

"물론."

양석이 묻자 염부심이 짧게 대답했다.

"어지간한 조직으로는 어림도 없을 텐데, 마땅한 조직이 있는가?"

차광택이 조심스럽게 물었다.

"혈풍대라면 가능할 것 같은데……."

염부심이 말끝을 흐리며 주위를 둘러보자 모두가 고개를 끄덕였다.

혈풍대라면 철혈무가 중전 직할 전투부대였다.

철혈무가를 지탱하는 철혈검대와 더불어 막강한 전투력을

과시하는 조직 중 하나였다.

철혈검대가 반 이상 무너진 지금, 혈풍대는 현 철혈무가를 실질적으로 이끄는 조직이라 할 수 있었다.

"혈풍대를 가담시킨다면 더할 나위 없는 계획이 되겠지. 후후후······."

구자정이 비릿한 미소를 지으며 만족감을 드러냈다.

　　　　　*　　　*　　　*

허허벌판에 떡하니 자리 잡은 허름한 객잔 주위로 감당키 힘든 기세가 넘실거렸다.

객잔 주변을 지키는 몇몇 무인들이 뿜어내는 기세라고는 믿지 못할 정도로 엄청난 기운이었다.

저벅—

그런 객잔을 향해 예닐곱의 인영이 걸음을 옮겼다.

그중 한 명은 천문의 은영삼주 원치경이었다.

"······."

객잔의 입구 앞까지 당도한 원치경과 그 일행을 제지하는 범상치 않은 무인들.

그런 그들을 향해 원치경이 두 어깨를 으쓱거리며 입을 열었다.

"염 공자를 만나러 온 사람인데, 그냥 돌아갈까?"

"기다려라."

입구를 지키던 무인이 잽싸게 안으로 들어갔다 나오더니 원치경 일행을 객잔 안으로 들여보냈다.

"……."

허름한 객잔 한가운데서 염부심이 홀로 찻잔을 기울이며 원치경 일행을 맞이했다.

"어서 오시오."

탁—

원치경이 자신의 검을 탁자 위에 소리 내어 올려놓으며 염부심 앞자리에 앉았다.

"영주를 대신해 온 것이오?"

"아가씨께서는 어디 계시오?"

원치경이 단도직입적으로 물었다.

"영주가 순진해서 그런지 그를 따르는 은영들도 참으로 순진한 듯싶소. 그 말을 정말 믿었던 것이오? 후후."

염부심이 기가 막힌다는 표정을 지었다.

하지만 원치경은 낯빛 하나 변하지 않았다.

염부심이 이렇게 나올 것이라는 것을 익히 짐작하고 있었던 까닭이다.

"믿었을 리가 있겠소. 그저 혹시나 해서 온 것뿐인데, 역시나구려. 후후후……. 그럼, 다음에 다시 보도록 하지요, 염 공자."

원치경이 미련도 없다는 듯 신형을 일으켜 세웠다.

그에 염부심이 이건 또 뭔가 싶어 그를 물끄러미 쳐다보다 입을 열었다.

"오는 것은 자유롭지만 가는 것은 그렇지 못하다는 사실 또한 알고 계실 터인데……."

"후훗! 알다마다요. 다른 누구도 아닌 염 공자이신데……. 그런데 말이오, 과연 그대가 나를 쓰러뜨릴 수 있다고 생각하는 것이오?"

"천문의 은영삼주를 쓰러뜨리는 것이 쉽지는 않은 일이지요. 뭐, 그렇다고 불가능할 것이라 생각하지도 않소만."

"믿는 구석이 있나보오? 감히 천문의 은영삼주를 쓰러뜨린다니……."

원치경과 염부심의 시선이 허공에서 무섭게 부딪쳤다.

'절맥지체를 이겨낸 천령의 기세가 가히 하늘을 울릴 만하구나!'

염부심의 전신에서 솟구치는 막강한 기운에 원치경이 안면을 살짝 찡그렸다.

그때였다.

지금껏 고요하던 객잔 주위로 지축을 뒤흔드는 말발굽 소리가 몰려오고 시작했다.

"천문의 영주와 은영사주가 부상을 당한 이 시점에서 은영삼주인 그대만 사라진다면 천문의 운명도 이것으로 끝이 아니겠소. 그 끝을 매듭지을 혈풍대원들이오."

염부심이 밖의 말발굽 소리의 정체를 원치경에게 알려주었다.

하지만 원치경은 이미 그 소리의 정체를 알고 있었다.

"천문이 그대의 두 눈에는 그렇게도 만만하게 보였던 것이오? 의외로 경솔한 구석이 있구려."

원치경의 얼굴에는 여유가 가득했다.

그래서일까.

왠지 모를 불안함이 염부심의 머릿속을 헝클어뜨렸다.

그러던 한순간, 객잔 밖에서 생각하지도 못했던 고성의 금속성이 터지기 시작했다.

그 소음에 염부심의 표정이 딱딱하게 굳어졌다.

반면 원치경의 표정은 활짝 밝아졌다.

"단필엽 조장께서 그러더이다. 혈풍대의 움직임이 심상치 않다고. 그래서 아는 몇몇 분에게 도움을 요청했더니 흔쾌히 허락을 해주시더이다."

'뭐, 뭣이?!'

사태의 심각성이 의외로 컸음을 깨달았는지 염부심의 표정이 급속도로 어두워졌다.

한편 밖에서는 갑작스럽게 등장한 무인들과 혈풍대가 뒤엉켜 살벌한 혈투를 펼치고 있었다.

까아앙―!

곳곳에서 병장기가 부딪치는 소음이 울렸다.

"이런 망할 새끼들!"

부아아앙!

도삼의 거도가 사방을 휩쓸자 그 힘에 혈풍대원들이 어깨를 흠칫거리고는 후다닥 신형을 뒤로 물렀다.

하지만 그것도 잠시, 철혈무가의 정예답게 혈풍대원들이 이내 도삼을 향해 살벌한 검초를 펼치기 시작했다.

그리고 또 한편에서는 철혈검대원들을 이끌고 온 단필엽이 허공에 일갈을 내지르곤 사투의 중심으로 뛰어들어 혈풍대원들과 맞서고 있었다.

골육상잔의 비극과 다를 바 없는 격전이었다.

그랬기에 윤과 무유화를 지지하는 단필엽과 철혈검대원들의 마음은 결코 좋을 리 없었다. 이는 염화탁과 염부심을 수장으로 모시고 있는 혈풍대원들 또한 마찬가지였다.

그렇다고 검을 놓을 수도 없었다.

이미 사투는 벌어졌고, 어느 한쪽이 완전히 쓰러져야만 이 싸움이 끝날 것이기 때문이다.

그런데 그때,

"멈추지 못할까!"

웅혼한 내력이 담긴 일갈이 허공을 떨쳐 울렸다.

그에 지옥을 방불케 했던 격전이 일순 거짓말처럼 잠잠해졌다.

뒤늦게 격전지로 등장한 인물은 다름 아닌 정검문의 전대 문주 이시백과 그를 따르는 정검문의 일대제자들이었다.

"……."

이시백이 격노한 표정으로 사투의 현장으로 거침없이 걸음을 옮겼다.
그러자 그가 지나가는 곳곳에 서 있던 무인들이 약속이나 한 듯 신형을 뒤로 물렸다.
도삼의 흑풍대도, 단필엽이 이끄는 철검대도, 혈풍대주 건우석도 감히 천하팔검 이시백의 명령을 거역할 수 없었던 까닭이다.
"대체 네놈들이 정신이 있는 것인가? 어찌 형제들을 향해 검을 겨눌 수 있단 말인가! 이러고도 네놈들이 인간이라 할 수 있단 말이더냐?"
이시백이 얼굴을 시뻘겋게 물들이고 노발대발했다.
그 기세에 움찔한 무인들이 감히 고개도 들지 못하고 두 어깨를 흠칫거렸다.
그런데 그때 어디선가 이죽거리는 음성이 튀어나오더니 일순 격전지의 긴장감을 다시금 증폭시켰다.
"이게 누구시오. 천하팔검의 이시백 어른이 아니십니까. 후후후······."
이시백의 걸음을 멈춘 이는 구자정이었다.
그의 곁으로 양석과 차광택이 차가운 한기를 피워내며 피식 미소를 지었다.
천하팔검의 이시백과 정검문의 일대제자들과 대면하고서도 한 점 주눅이 들지 않는 그들이었다.
그만큼 자신이 있다는 반증일 터.
이시백의 표정이 순간 차갑게 굳어졌다.

"제법 기세가 남다른 놈들이구나. 네놈들이 유화를 잡아간 놈들이렷다."

"그렇소만……."

구자정이 팔짱을 떡하니 낀 채 짧게 대꾸했다.

그 모습에 주위에 있던 무인들의 인상이 팍 찡그려졌다.

"저런 시건방진 새끼를 봤나! 이분이 누구신데 대가리에 피도 안 마른 어린놈이 감히!"

언제 달려왔는지 구자정의 행태에 피가 거꾸로 솟구친 도삼이 희멀건 이를 드러내며 윽박을 질러댔다.

"네놈은 뭘 잘한 게 있다고 입을 나불거리는 것이더냐?"

이시백은 오히려 도삼을 꾸짖었다.

그에 도삼의 목이 절로 움츠러들었다.

하지만 그의 칼날 같은 시선은 여전히 구자정을 노려보고 있었다.

그때였다.

저벅-!

"이것 참, 일이 묘하게 꼬였군요. 오셨습니까, 어르신."

염부심이 이시백을 향해 느릿느릿 걸음을 옮기며 입을 열었다.

"부심이 네 이놈! 네놈이 정녕 유화를 납치했단 말이더냐? 더불어 이 싸움을 일으킨 것 또한 바로 네놈이렷다!"

"어찌 어르신께서는 저만 나무라시는 것입니까? 저기 철혈검대와 흑풍대를 이끌고 온 저자는 왜 나무라지 않는 것입니까?"
 염부심이 피식 미소를 짓곤 원치경을 눈짓으로 가리켰다.
 "그걸 지금 말이라고 하는 것이더냐? 어서 유화가 있는 곳을 고하고 싸움을 멈추지 못할까!"
 "후후후……."
 이시백의 노성에도 불구하고 염부심은 피식피식 웃음만 지을 뿐이었다.
 "이걸 어쩌지요. 이미 제 손을 떠난 일이라 안타깝게도 그럴 수가 없습니다."
 "선대 가주께서 피땀을 흘려가며 세우신 철혈무가를 네놈이 정녕 쑥대밭으로 만들 참이더냐?"
 이시백이 노기를 애써 억누르며 염부심을 노려봤다.
 "후훗! 품은 바 뜻이 다르거늘 쑥대밭이라니요."
 "노옴!"
 분노를 참지 못한 이시백이 얼굴이 금세 붉게 달아올랐다.
 "잘된 일이지, 뭐. 어차피 눈엣가시였는데 이참에 싹 쓸어버리자고."
 구자정이 염부심 곁으로 다가와 중얼거렸다.
 대단한 자신감이 아닐 수 없었다.
 상대는 이시백이었다.
 어디 그뿐인가.
 "정녕 피를 보겠단 말이더냐?"
 차마 검을 뽑을 수 없었던 이시백이 다시금 염부심을 타일

러 보려 입을 열었다.

"송구하게 되었습니다."

"으음……."

염부심의 확고한 생각에 이시백이 긴 탄식을 터뜨렸다.

　　　　　*　　　*　　　*

두두두두—!

힘찬 말발굽 소리가 대지를 쩌렁쩌렁 울렸다.

윤은 말 등에 채찍을 가할 때마다 폐부를 찌르는 고통에 정신이 아득했다.

하지만 이를 악물고 참아내는 그였다.

"괜찮아?"

바로 옆에서 말을 모는 가오성이 창백한 낯빛의 윤을 힐끔거리며 물었다.

그토록 말렸지만 끝내 윤의 고집을 꺾지 못해 예까지 온 것이다.

"걱정하지 마. 이랴!"

가오성의 걱정을 가볍게 일축해 버린 윤이 재차 말 등에 채찍질을 가했다.

한편으로는 자신에게 보고도 없이 이번 일을 추진한 곽한과 원치경에게 윤은 서운한 마음이 들었다.

부상을 당한 자신을 위해 그들이 할 수 있는 최선이었다는 것을 모르는 바 아니었다.
 그래도 서운한 마음은 좀처럼 수그러들지 않았다.
 아니, 지금 이 순간 사투를 벌이고 있을 동료들의 안위가 너무도 걱정이었던 것이다.
 그렇게 얼마나 달렸을까.
 멀리서 들려오는 병장기 소리에 윤의 마음은 다급해졌다.
 그 소음으로 판단컨대 엄청난 격전이 펼쳐지고 있음이 분명해 보였다.
 탓—!
 윤이 달리는 말 위에서 뛰어내려 저 멀리 난전이 펼쳐지는 곳을 향해 전력으로 내달렸다.
 그의 우수에는 검붉게 이글거리는 용혈검이 어느새 쥐어져 있었다.

 콰아아앙—!
 격렬한 폭발음에 사방의 대기가 폭풍을 만난 듯 격렬하게 요동을 쳤다.
 주르륵—
 염부심의 강력한 공격에 이시백의 신형이 정신없이 뒤로 쭉 밀려났다.
 그런 그의 양 발목이 대지 위에 푹 파묻혀 있었다.
 그리고 한 움큼 토해진 검붉은 핏물.
 "쿨럭—!"

'이, 이 정도일 줄이야!'

염부심을 노려보는 이시백의 얼굴에서 핏기를 찾아보기 힘들었다.

두 다리는 부들부들 떨렸고, 검을 쥔 두 손목 또한 미세한 경련을 일으키고 있었다.

아무리 참으려고 해도 검게 죽은 핏물이 연신 목울대를 타고 올라왔다.

아무래도 심각한 내상을 당한 듯싶었다.

"이곳으로 발걸음을 하시지 말아야 했습니다. 그것이 바로 정답이었습니다. 그랬다면 이렇게 불편한 싸움은 없었을 것이 아닙니까."

염부심이 이시백을 향해 조금씩 거리를 좁혀가며 입을 열었다.

그런 그의 전신 곳곳에서는 붉은 핏물이 흘러내렸고, 의복은 걸레처럼 너덜너덜 찢겨져 있었다.

이시백을 궁지로 몰아넣은 대가로 염부심 또한 적지 않은 피해를 본 까닭이다.

역시 천하팔검의 위명은 대단했다.

천외천의 천령 중 최고라 자부하던 자신을 이 지경까지 몰고 가다니.

염부심은 내심 고개를 절레절레 흔들었다.

"이제 그만 편히 쉬셔야 할 것 같습니다."

염부심이 진한 살기를 피워내며 이시백을 노려봤다.

그런데 그때, 저 멀리서 희뿌연 흙먼지가 일어나는 것이 아닌가.

"……!"

그 모습에 이시백을 향해 손을 쓰려던 염부심이 주춤 걸음을 멈추었다.

'뭐지?'

염부심이 엄청난 속도로 접근을 해오는 인영을 칼날 같은 예기를 뿜어내며 노려봤다.

그러던 어느 순간,

"유, 윤?"

달려오는 인영이 윤이라는 사실을 알아차린 염부심이 미간을 팍 찡그렸다.

하지만 그것도 잠시, 그의 입가에 잔인한 미소가 걸렸다.

그렇게 잠깐의 시간이 흐르고.

"그렇게 관 속으로 들어가고 싶었더냐?"

한 점 망설임도 없이 전장으로 뛰어들어 이시백을 부축하는 윤을 향해 염부심이 이죽거렸다.

하지만 윤은 그런 염부심을 쳐다보지도 않았다.

"사숙, 괜찮으세요?"

"나, 난 괜찮으니 걱정 말거라."

괜찮다고는 말하지만 윤은 자신의 부축을 받고 있는 이시백에게서 그 어떤 힘도 느낄 수가 없었다.

"사숙을 부탁해."

윤이 다급하게 말을 하자 가오성이 이시백을 들쳐 업고 쏜살처럼 전장을 빠져나갔다.

찌이이잉—!

윤이 용혈검을 길게 늘어뜨린 채 염부심을 싸늘하게 노려봤다.

그런 그의 전신으로 감히 경시할 수 없는 분노가 담긴 기운이 넘실거렸다.

하지만 염부심의 표정은 시큰둥할 뿐이었다.

"몸이나 추스르고 있는 것이 나았을 텐데……."

"왜 약속을 어겼나?"

"정말 그 말을 믿었단 말인가? 하하!"

염부심이 어이가 없다는 듯 헛웃음을 흘렸다.

"그래도 혹시나 약속을 지켰다면 살려줄 의향은 있었는데. 옛정을 생각해서 말이야."

"살려줘? 누가? 네놈이 나를?"

염부심이 기가 막힌 듯 두 눈을 동그랗게 떴다.

그 모습을 윤이 무심한 눈길로 바라봤다.

그러던 어느 순간,

쿠구구구—!

부상을 당했다고는 믿을 수 없을 만큼 윤의 전신에서 무서운 기세가 피어났다.

지금껏 여유롭던 염부심의 표정이 딱딱하게 굳어진 건 바로 그 직후의 일이었다.

우우우웅—!

염부심이 양손으로 적지 않은 양의 내력을 끌어 모으기 시작했다.

주위는 그 승부를 장담하기 힘든 만큼 엄청난 격전을 치르고 있었다.

하지만 윤과 염부심 사이에는 무거우리만치 고요한 정적만 흐를 뿐이었다.

그러던 한순간,

쾌애애액—!

윤이 정적을 산산이 부수며 일 검에 싸움을 끝낼 기세로 염부심을 향해 용혈검을 내려쳤다.

파팟—!

염부심이 강력한 공격을 슬쩍 옆으로 흘리며 윤의 품으로 파고들어 오른 주먹을 내질렀다.

마치 회피와 반격이 동시에 이루어진 듯 놀라운 빠르기였다.

하지만 윤은 당황하지 않았다.

염부심의 행동을 미리 예상하고 있었던 것처럼 신속하게 회수한 용혈검을 비틀어 염부심의 공격을 막아갔다.

까아앙—!

요란한 금속성이 울려 퍼짐과 동시에 용혈검이 염부심의 강력한 힘에 밀려 부르르 떨렸다.

한순간 한순간이 그 생사를 장담할 수 없을 만큼 엄청난 긴장감이 흘렀다.

'그 상처가 중해 보이거늘, 이것이 천문 영주의 힘이란 말인가!'

염부심은 내심 감탄을 금할 수가 없었다.

물론 이시백과 격전을 치르며 염부심 또한 적지 않은 부상을 입었지만, 성난 맹수처럼 용혈검을 쉬지 않고 휘두르는 윤의 거친 기세가 염부심은 그저 놀라울 뿐이었다.

쿠과과광—!

하늘이 무너질 것만 같은 엄청난 진동이 연속해서 사방을 떨쳐 울렸다.

천살성을 품은 윤의 내력과 역천을 이겨낸 염부심의 내력이 검과 장력을 통해 뿜어져 나와 부딪친 결과였다.

그렇게 수십 합의 공방은 눈 깜짝할 새 지나갔다.

누가 우위에 있다고 말할 수 없을 만큼 하늘도 놀란 엄청난 격돌이었다.

하지만 겉만 그렇게 보일 뿐, 부상을 당한 몸으로 계속해서 사투를 벌인 까닭에 시간이 지날수록 윤의 상태는 급격하게 악화되고 있었다.

염부심이 눈치채지 못하게 내색은 않고 있지만, 그 고통 또한 점점 가중되어 부러져라 어금니를 깨물지 않고서는 참을 수가 없었다.

그렇기에 시간을 끌수록 불리해지는 쪽은 분명 윤이었다.

하지만 윤이 아무리 멀쩡한 척해도, 그의 미세한 변화를 감지한 염부심은 이미 윤의 상태가 어떤지 알고 있었다.

그것을 증명이라도 하듯 염부심은 윤과의 직접적인 격돌을 교묘하게 회피하며 싸움을 이끌어가고 있었다.

"후후후……. 너무 무리하는 것 아니더냐?"

경천동지할 싸움을 하면서도 말을 할 정도로 염부심의 마음과 표정은 여유로웠다.

그리고 그러면 그럴수록 윤의 마음은 조급해져만 갔다.

"천문도 오늘로써 그 끝이 보이는구나. 하하하!"

염부심이 대소를 터뜨리며 윤을 조롱했다.

그런데 그 순간,

구오오오오-!

윤의 기세가 갑자기 돌변했다.

들끓는 용암처럼 엄청난 열기가 윤의 전신을 휘감아 도는 기이한 현상이 일어났던 것이다.

그 모습에 염부심의 눈가에 이채가 일었다.

"내가 한 말 못 들었나? 그대는 이미 살 수 있는 기회를 잃었다."

쩌저정-!

말을 마치기가 무섭게 윤이 열기를 가득 머금은 용혈검을 사선으로 길게 그었다.

그 속도가 평범하기 그지없었다.

지금껏 번개처럼 빠른 쾌검을 구사하는 윤이었는데, 이상하리만치 느린 검속이었다.

그런데 우습게도 그 느린 검속을 바라보는 염부심의 낯빛이 딱딱하게 굳어지며 검게 그을리기 시작했다.

태산마저도 허물어뜨릴 것만 같은 엄청난 거력이 염부심의 전신을 삽시간에 포위해 버렸다.

그 힘에 걸레처럼 찢겨진 염부심의 의복이 태풍을 만난 듯 거칠게 펄럭거렸다.

염부심은 피할 수만 있다면 피하고 싶었다.

하지만 도무지 윤의 공격을 피할 수가 없을 것만 같았다.

저토록 느린 검속을 왜 피할 수가 없는 것일까.

염부심은 치솟는 의문을 떨쳐낼 수가 없었다.

'대, 대체 이 무슨 조화란 말인가!'

염부심의 눈가가 파르르 떨렸다.

그러던 어느 순간, 그의 얼굴에 비장한 각오가 깃든 표정이 떠올랐다.

"좋다! 끝장을 보자꾸나!"

염부심이 허공에 커다란 일갈을 내지르곤 두 팔을 어지럽게 교차하며 윤을 향해 돌진했다.

콰콰콰광!

지금껏 없었던 엄청난 폭발음이 대기를 갈기갈기 찢어버렸다.

그 순간 생사를 다투는 격전을 펼치던 주위의 무인들이 거짓말처럼 싸움을 멈추고 폭발음이 들려온 장소로 시선을 돌려졌다.

푸스스스—

검게 그을린 흙먼지가 반경 칠팔여 장을 뽀얗게 물들였다.

그렇게 얼마의 시간이 지나고 서서히 드러나는 모습.

"쿨럭—!"

염부심이 검게 죽은 핏물을 한 사발 남짓 토해냈다.

윤의 몰골 또한 염부심처럼 형편없기는 마찬가지였다.

하지만 분명하게 다른 한 가지는 염부심의 두 무릎이 땅속에 깊이 파묻혀 있는 반면, 윤은 우뚝 선 자세로 여전히 염부심을 향해 용혈검을 겨누고 있었다는 것이다.

종장

수호무사

새하얀 얼굴의 두 볼이 움푹 꺼져 있었고, 파리한 입술이 하얗게 부르터 보는 이의 가슴을 절로 아프게 했다.

더욱 병색이 짙어진, 정말 폐인이라 해도 하등 이상할 것이 없는 모습이었다.

"쿠, 쿨럭……."

두 눈이 벌게지도록 기침을 해야지 그나마 숨을 쉴 수가 있었다.

하지만 그럴 때마다 몰려오는 고통에 온 내장이 갈기갈기 찢어질 것만 같았다.

하지만 우습게도 그 모습이 더없이 평온해 보이는 윤이었다.

끼잉—!

엄청나게 커버린 적랑이 연신 기침을 해대는 윤이 걱정이었는지 그의 품에 자신의 볼을 연신 비벼댔다.

"괜찮아. 그냥 기침이 나서 그래."

윤이 적랑의 머리를 쓰다듬으며 살포시 미소를 지어 보였다.

그에 적랑이 두 눈을 윤의 허벅지에 턱을 턱하니 올려놓고 두 눈을 지그시 감았다.

"바람도 찬데 그만 들어가지, 사형."

가오성이 사뭇 점잖은 음성으로 윤에게 말했다.

마치 윤의 그림자라도 된 양 그의 곁을 단 한시도 떠나지 않는 가오성이었다.

그만큼 윤의 건강이 안 좋다는 의미리라.

으르릉—!

그때, 가오성의 음성에 두 눈을 번쩍 뜬 적랑이 그를 향해 엄지손가락만 한 송곳니를 드러내며 위협을 가했다.

"그나저나 이 개새끼는 왜 나만 보면 항상 못 잡아먹어 안달인 거야?"

크흐흐흥—!

마치 말귀를 알아듣기라도 하듯 적랑의 기세가 더욱 사나워졌다

그 모습에 윤이 뭐가 그리 좋은지 연신 웃음을 흘려댔다.

"아적, 그만해. 왜 자꾸 그래?"

끼이잉—!

"저, 저 봐, 저. 사형 말은 저리 잘 들으면서……. 쓰읍!"

적랑의 태도에 가오성이 못마땅한 듯 인상을 팍 썼다.

하지만 그것도 잠시, 가오성이 슬며시 적랑의 곁으로 다가가 앉아 적랑의 눈치를 연신 살피며 그의 등의 털을 조심스럽게 만지작거렸다.

"하늘 참 높지."

윤이 더없이 높은 가을 하늘을 바라보며 미소를 지었다.

얼마 만에 마음 편히 바라보는 하늘인가.

윤이 가을 하늘을 노니는 구름 떼를 바라보며 미소를 지었다.

"하늘이니까 높지. 그걸 말이라고 해?"

"그런가? 후후……."

"뭐가 좋다고 그렇게 실실거려."

가오성이 퉁명스럽게 입을 열었다.

그러다 대뜸 그가 윤에게 물었다.

"안 보고 싶어?"

"누굴?"

"누구긴 누구야?"

무유화를 말하는 것을 뻔히 알면서도 되묻는 윤을 향해 가오성이 입술을 씰룩거렸다.

"후후후……."

윤의 입가에 씁쓸한 미소가 걸렸다.

자신의 망가진 모습을 보여줄 바엔 차라리 조용히 사라지는 것이 낫다고 생각해 떠나온 일여 년의 시간.

그동안 윤의 가슴속에서 무유화의 모습은 한시도 자리를 비운 적이 없었다.
 눈을 뜨든 감든 매순간 그녀의 모습이 눈가에 아른거렸다.
 그 마음을 어찌 가오성이 모를 수 있을까.
 그래서 윤이 더욱 안타까운 그였다.
 "내가 보기엔 사제가 더 보고 싶어 하는 거 같은데?"
 "누, 누굴?"
 "누구긴 누구야."
 "내, 내가 왜……."
 가오성이 갑자기 심하게 말을 더듬기 시작했다.
 "난 괜찮으니까 언제든 떠나고 싶을 때 떠나도 돼. 괜히 내가 짐이 된 거 같아 마음이 편치 않아."
 "사형, 내가 제발 그런 말 하지 말라고 했지? 내가 좋아서 여기 있는 거지, 싫었다면 벌써 떠났을 거야. 그리고 짐이라니? 사형이 왜 짐이야? 사형은 그 누가 뭐라 해도 이 세상을 구한 영웅이야. 이 사제가 세상에서 두 번째로 존경하는 인물이란 말이지."
 "첫 번째는 누군데?"
 "물론 사부님이지. 후후……."
 가오성이 피식 미소를 지으며 대답했다.
 "하아, 그나저나 정말 보고 싶긴 하다. 적위 놈도 보고 싶고, 건 형도 보고 싶고, 예쁜 령령이도……."
 가오성이 눈가에 보고 싶은 그리운 얼굴들이 스쳐 가고 있었다.

전대 은영들이 그랬듯 그들은 또다시 바람처럼 사라져 세상 속에 숨어들었다.
"다시 볼 수 있겠지?"
가오성이 윤에게 슬쩍 물었다.
"언젠간……."
윤이 희미한 미소를 머금으며 대답했다.
그때였다.
"어험!"
"사부님……."
"할아버지."
용사량과 한 노인이 뒷짐을 진 채 느릿느릿 윤과 가오성 곁으로 다가왔다.
그러자 윤에게 기대어 잠들어 있던 적랑이 벌떡 일어나 용사량을 따르는 노인에게 다가가 윤에게 그랬던 것처럼 얼굴을 연신 비벼댔다.
"뭔 이야기를 나누고 있었던 게냐?"
"그냥요. 바람도 찬데 왜 나오셨어요."
윤이 오히려 용사량을 걱정하며 입을 열었다.
"아무도 나랑 놀아주지 않으니 답답해서 나왔느니라."
"사숙께서 항상 놀아주시는데 뭔 말도 안 되는 소릴 하고 계세요."
가오성이 말도 안 된다는 듯 피식 웃었다.
"이놈은 늙어서 재미가 없단 말이다."

용사량이 백발이 성성한 노인을 힐끔거리더니 투덜거렸다.

"늙다니요? 늙은 건 부영주시지요. 전 아직 창창한데 왜 그러십니까?"

"흥! 환갑을 넘긴 놈이 청춘이면 이놈들은 그럼 갓난아이냐?"

"갓난아이라니? 천문의 영주께 그 무슨 말도 안 되는 망발이십니까? 노망이라도 난 것입니까?"

"노, 노망이라니! 이놈이 정말 보자보자 하니까?"

"왜요? 한번 붙어보시렵니까? 내 이래 봬도 전대 은영육주였습니다."

노인이 한껏 거드름을 피우며 자세를 잡는 척했다.

그런 그를 용사량이 어이없다는 듯 바라보며 입을 열었다.

"이거야 원! 예전엔 한주먹거리도 안 되었던 놈이 거들먹거리는 꼴이라니……. 내 저 모습이 꼴 보기 싫어서라도 얼른 죽어야 할 터인데. 흥!"

"농입니다, 농! 늙으면 아이가 된다더니 또 삐치셨습니까?"

"하아……."

용사량이 기어코 커다란 한숨을 터뜨렸다.

그 모습에 윤과 가오성이 한참 동안 웃음을 참지 못했다.

"그나저나 영주……."

노인이 지긋한 시선으로 윤을 바라보며 입을 열었다.

노인은 바로 어린 시절 윤을 돌봐주던 인물이다.

"예, 말씀하십시오."

"우선 영주께 용서를 구하고 싶습니다."

"요, 용서라니요? 그 무슨 당치 않은 말씀이십니까."
용서라는 말에 윤이 화들짝 놀라 허겁지겁 손사래를 쳤다.
"그럼 용서를 해주시는 것입니까?"
노인이 능청스런 표정을 지으며 물었다.
"괘념치 마시고 말씀을 해주십시오."
물론 윤의 입에서는 당연하다는 말이 흘러나왔다.
"모옥에 손님들이 찾아왔는데 다짜고짜 이곳에 머물기를 청하는 것이 아니겠습니까? 그것도 그 시일을 기약할 수 없다면서 막무가내로 떼를 쓰는 것입니다."
"소, 손님들이라니요?"
"물론 저는 그건 아니 될 소리라고 펄쩍 뛰었는데, 정말 노망이 나셨는지 부영주께서 덜컥 허락을 하시는 것이 아니겠습니까."
"이놈이 갑자기 잘 나가다가 노, 노망이라니……."
"그, 그것이 무, 무슨 말씀이신지?"
용사량의 얼굴은 시뻘겋게 물들었고, 노인의 말을 좀처럼 이해하지 못한 윤은 연신 말을 더듬었다.
그때였다.
저 멀리서 걸어오는 인영들을 발견한 윤의 두 눈이 파르르 떨렸다.
노인이 말한 손님들은 바로 무유화와 소은, 그리고 무유화를 최측근에서 보필하는 노적위와 령령이었던 것이다.

모두가 어색한 헛기침을 흘리며 바쁘다는 핑계로 사라진 지금, 아무것도 모르는 적랑만이 윤의 곁에 엎드린 채 무유화를 힐끔거릴 뿐이었다.

"……."

갑자기 찾아든 침묵은 쉽사리 깨지지 않았다.

하지만 윤과 무유화는 곁에 있는 것만으로도 서로의 마음을 읽을 수 있었다.

"……."

윤이 슬며시 무유화를 돌아보았다.

무유화는 쪼그려 앉은 채 무릎을 폭 안고 소리없이 눈물을 흘리고 있었다.

그런 그녀를 윤이 살며시 안아주었다.

그렇게 소리없이 흐르는 무유화의 눈물이 윤의 가슴을 촉촉이 적셔주었다.

그렇게 전해지는 무유화의 흐느끼는 숨결에 윤의 얼굴로 그동안 잊어왔던 바보 웃음이 매달리기 시작했다.

『수호무사』 완결

秘龍潛虎
비룡잠호

오채지 新무협 판타지 소설

『백가쟁패』, 『혈기수라』의 작가 오채지가 돌아왔다!
그가 선사하는 무림기!

비룡잠호!

야만의 전사 오백으로 일만 마병을 쓰러뜨리고
홀연히 사라진 희대의 잠룡(潛龍).
그가 십 년의 은거를 깨고 강호로 나오다.

"나를 불러낸 건 실수야."

이가 갈리고 치가 떨리는 경험을 만들어주겠다!

Book Publishing CHUNGEORAM

유행이 아닌 자유추구 -
WWW.chungeoram.com

장강삼협
長江三峽

조돈형 新무협 판타지 소설

『궁귀검신』, 『마도십병』, 『운룡쟁천』의
작가 조돈형
그가 장강의 사나이들과 함께 돌아왔다!

굽이쳐 흐르는 거대한 장강의 흐름 속에서
선혈처럼 피어나 유성처럼 지는 사내들의 향취!

장강삼협(長江三峽)!

하늘 아래 누구보다 올곧았던 아버지의 시신을 이끌고
고향으로 돌아온 유대웅을 기다리고 있던 것은
천오백 년의 시공을 뛰어넘은 패왕(霸王)의 무(武)와 검(劍)!

패왕칠검(霸王七劍)과 팔뢰진천(八雷振天)의 무위 아래
천하제일검(天下第一劍)으로 우뚝 설 한 소년의 일대기!

장강의 수류는 대륙을 가로질러
이윽고 역사가 된다!

Book Publishing CHUNGEORAM
WWW.chungeoram.com

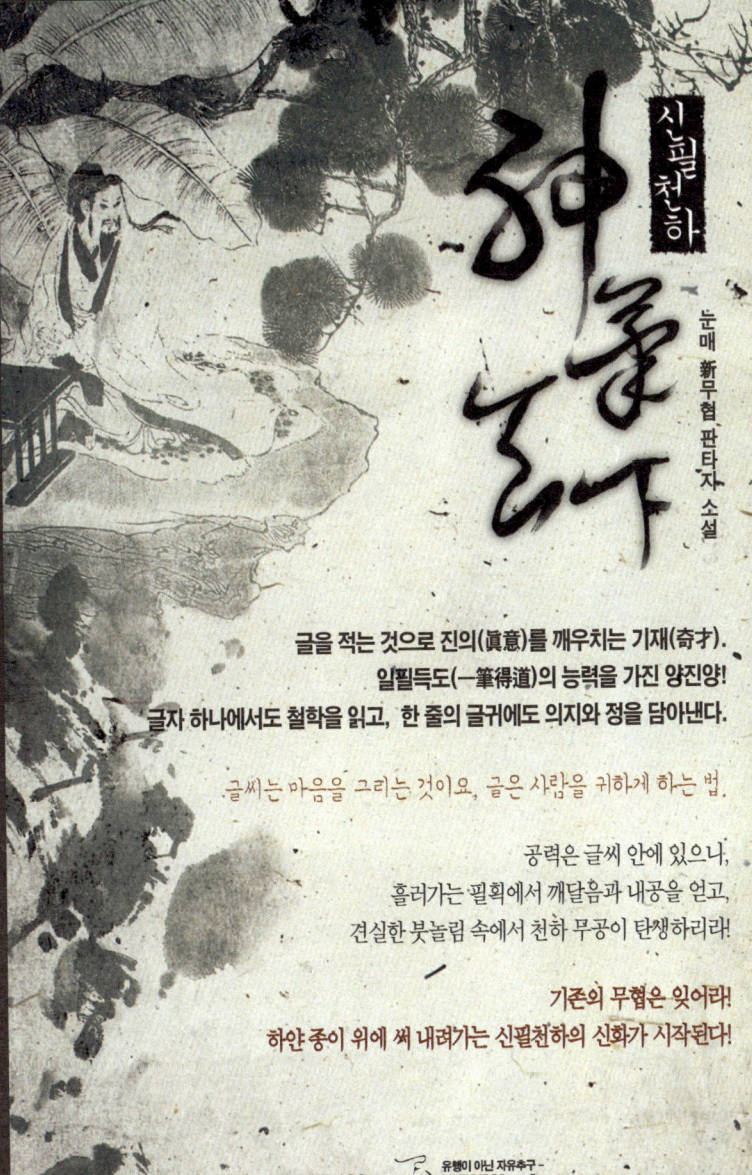

김현석 현대 판타지 소설

전능의 팔찌

THE OMNIPOTENT BRACELET

「신화창조」의 작가 김현석이 그려내는
새로운 판타지 세상이 현대에 도래한다!

삼류대학 수학과 출신, 김현수
낙하산을 타고 국내 굴지의 대기업 천지건설(주)에 입사하다!

상사의 등쌀에 못 견뎌 떠난 산행에서, 대마법사 멀린과의 인연이 이어지고

어떻게 잡은 직장인데 그만둘 수 있으랴!

전능의 팔찌가 현수를 승승장구의 길로 이끈다!

통쾌함과 즐거움을 버무린 색다른 재미!
지.구.유.일.의 마법사 김현수의 성공신화 창조기!

Book Publishing CHUNGEORAM

유행이 아닌 자유추구
WWW.chungeoram.com